同题散文经典

陈子善 蔡翔 ◎ 编

山居闲话
胡同文化

徐志摩 汪曾祺 等 ◎ 著

人民文学出版社

图书在版编目(CIP)数据

山居闲话　胡同文化 / 徐志摩等著；陈子善，蔡翔编.
—北京：人民文学出版社，2017(2024.10 重印)
（同题散文经典）
ISBN 978-7-02-012734-4

Ⅰ.①山…　Ⅱ.①徐…　②陈…　③蔡…　Ⅲ.①散文集
-中国-现代②散文集-中国-当代　Ⅳ.①I266

中国版本图书馆 CIP 数据核字(2017)第 091299 号

责任编辑：朱卫净　张玉贞
封面设计：汪佳诗

出版发行	**人民文学出版社**
社　　址	**北京市朝内大街 166 号**
邮政编码	**100705**
印　　刷	**山东新华印务有限公司**
经　　销	**全国新华书店等**
开　　本	**890 毫米×1240 毫米　1/32**
印　　张	**5.5**
插　　页	**2**
字　　数	**125 千字**
版　　次	**2017 年 7 月北京第 1 版**
印　　次	**2024 年 10 月第 4 次印刷**
书　　号	**978-7-02-012734-4**
定　　价	**39.00 元**

如有印装质量问题，请与本社图书销售中心调换。电话：010－65233595

编辑例言

中国素来是散文大国,古之文章,已传唱千世。而至现代,散文再度勃兴,名篇佳作,亦不胜枚举。散文一体,论者尽有不同解释,但涉及风格之丰富多样,语言之精湛凝练,名家又皆首肯之。因此,在时下"图像时代"或曰"速食文化"的阅读气氛中,重读散文经典,便又有了感觉母语魅力的意义。

本着这样的心愿,我们对中国现当代的散文名篇进行了重新分类编选。比如,春、夏、秋、冬,比如风、花、雪、月……等等。这样的分类编选,可能会被时贤议为机械,但其好处却在于每册的内容相对集中,似乎也更方便一般读者的阅读。

这套丛书将分批编选出版,并冠之以不同名称。选文中一些现代作家的行文习惯和用词可能与当下的规范不一致,为尊重历史原貌,一律不予更动。考虑到丛书主要面向一般读者,选文不再注明出处。由于编选者识见有限,挂一漏万在所难免,遗珠之憾也将存在。这些都只能在日后逐步弥补,敬请读者诸君多多指教。

目录

住

秋夜

——野草之一

◎鲁迅

在我的后园，可以看见墙外有两株树，一株是枣树，还有一株也是枣树。

这上面的夜的天空，奇怪而高，我生平没有见过这样的奇怪而高的天空，它仿佛要离开人间而去，使人们仰面不再看见。然而现在却非常之蓝，闪闪地眨着几十个星星的眼，冷眼。它的口角上现出微笑，似乎自以为大有深意，而将繁霜洒在我的园里的野花草上。

我不知道那些花草真叫什么名字，人们叫他们什么名字。我记得有一种开过极细小的粉红花，现在还开着，但是更细小了，她在冷的夜气中，瑟缩地做梦，梦见春的到来，梦见秋的到来，梦见瘦的诗人将眼泪擦在她最末的花瓣上，告诉她秋虽然来，冬虽然来，而此后接着还是春，蝴蝶乱飞，蜜蜂都唱起春词来了。她于是一笑，虽然颜色冻得红惨惨的，仍然瑟缩着。

枣树，他们简直落尽了叶子。先前，还有一两个孩子来打他们别人打剩的枣子，现在是一个也不剩了，连叶子也落尽了。他知道小粉红花的梦，秋后要有春；他也知道落叶的梦，春后还是秋。他简直落尽叶子，单剩干子，然而脱了当初满树是果实和叶子时候的弧形，欠伸得很舒服。但是有几枝还低亚着，护定他从打枣的竿梢所得的皮伤，但是最直最长的几枝，却已默默地铁似的直刺着奇怪而高的天空，使天空闪闪地鬼眨眼，直刺着天空中圆满的月亮，使月亮窘得发白。

鬼眨眼的天空越加非常之蓝，不安了，仿佛想离去人间，避开枣树，只将月亮剩下。然而月亮也暗暗地躲到东边去了。而一无所有的干子，却仍然默默地铁似的直刺着奇怪而高的天空，一意要制他的死命，不管他各式各样地眨着许多蛊惑的眼睛。

哇的一声，夜游的恶鸟飞过了。

我忽而听到夜半的笑声，吃吃的，似乎不愿意惊动睡着的人，然而四围的空气都应和着笑。夜半，没有别的人，我即刻听出这声音就在我嘴里，我也即刻被这笑声所驱逐，回进自己的房。灯火的带子也即刻被我旋高了。

后窗的玻璃上丁丁地响，还有许多小飞虫乱撞。不多久，几个进来了，许是从窗纸的破孔进来的。他们一进来，又在玻璃的灯罩上撞得丁丁地响，一个从上面撞进去了，他于是遇到火，而且我以为这火是真的。两三个却休息在灯的纸罩上喘气。那罩是昨晚新换的罩，雪白的纸，折出波浪纹的叠痕，一角还画出一枝猩红色的栀子。

猩红的栀子开花时，枣树又要做小粉红花的梦，青葱地弯成弧形了……我又听到夜半的笑声，我赶紧砍断我的心绪，看那老在白纸罩上的小青虫，头大尾小，向日葵子似的，只有半粒小麦那么大，遍身的颜色苍翠得可爱，可怜。

我打一个呵欠，点起一支纸烟，喷出烟来，对着灯默默地敬奠这些苍翠精致的英雄们。

娱园

◎周作人

　　有三处地方，在我都是可以怀念的——因为恋爱的缘故。第一是《夏夜梦》里说过了的杭州，其二是故乡城外的娱园。

　　娱园是"皋社"诗人秦秋渔的别业，但是连在住宅的后面，所以平常只称作花园。这个园据王眉叔的《娱园记》说，是"在水石庄，枕碧湖，带平林，广约顷许。曲构云缭，疏筑花幕。竹高出墙，树古当户。离离蔚蔚，号为胜区"。园筑于咸丰丁巳（一八五七年），我初到那里是在光绪甲午，已在四十年后，遍地都长了荒草，不能想见当时"秋夜联吟"的风趣了。园的左偏有一处名叫潭水山房，记中称它"方池湛然，帘户静镜，花水孕毅，笋石饤蓝"的便是。《娱园诗存》卷三中有诸人题词，樊樊山的《望江南》云：

　　　　冰谷净，山里钓人居。花覆书床偎瘦鹤，波摇琴幌散文鱼：水竹夜窗虚。

　　陶子缜的一首云：

　　　　澄潭莹，明瑟敞幽房。茶火瓶笙山蛎洞，柳丝泉筑水凫床：古帧写秋光。

　　这些文字的费解虽然不亚于公府所常发表的骈体电文，但因此总可约略想见它的幽雅了。我们所见只是废墟，但也觉得非常有趣，儿童的感觉原自要比大人新鲜，而且在故乡少有这样的游乐之地,也是一个原因。

娱园主人是我舅父的丈人,舅父晚年寓居秦氏的西厢,所以我们常有游娱园的机会。秦氏的西邻是沈姓,大约因为风水的关系,大门是偏向的,近地都称作"歪摆台门"。据说是明人沈青霞的嫡裔,但是也已很是衰颓,我们曾经去拜访他的主人,乃是一个二十岁左右的青年,跛着一足,在厅房聚集了七八个学童,教他们读《千家诗》。娱园主人的儿子那时是秦氏的家主,却因吸烟终日高卧,我们到傍晚去找他,请他画家传的梅花,可惜他现在早已死去了。

忘记了是哪一年,不过总是庚子以前的事吧。那时舅父的独子娶亲(神安他们的魂魄,因为夫妇不久都去世了),中表都聚在一处,凡男的十四人,女的七人。其中有一个人和我是同年同月生的,我称她为姐,她也称我为兄;我本是一只"丑小鸭",没有一个人注意的,所以我隐秘地怀抱着对于她的情意,当然只是单面的,而且我知道她自小许给人家了,不容再有非分之想,但总感着固执的牵引,此刻想起来,倒似乎颇有中古诗人(Troubadour)的余风了。当时我们住在留鹤盦里,她们住在楼上。白天里她们不在房里的时候,我们几个较为年少的人便"乘虚内犯"走上楼去掠夺东西吃。有一次大家在楼上跳闹,我仿佛无意似的拿起她的一件雪青纺绸衫穿了跳舞起来,她的一个兄弟也一同闹着,不曾看出什么破绽来,是我很得意的一件事。后来读木下杢太郎的《食后之歌》,看到一首《绛绢里》不禁又引起我的感触。

> 到龛上去取笔去,
> 钻过晾着的冬衣底下,
> 触着了女衫的袖子。

说不出的心里的扰乱，

"呀"地缩头下来：

南无，神佛也未必见罪吧，

因为这已是故人的遗物了。

　　在南京的时代，虽然在日记上写了许多感伤的话（随后又都剪去，所以现在记不起它的内容了），但是始终没有想及婚嫁的关系。在外边漂流了十二年之后，回到故乡，我们有了儿女，她也早已出嫁，而且抱着痼疾，已经与死当面立着了，以后相见了几回，我又复出门，她不久就平安过去。至今她只有一张早年的照相在母亲那里，因她后来自己说是母亲的义女，虽然没有正式的仪节。

　　自从舅父全家亡故之后，二十年没有再到娱园的机会，想比以前必更荒废了。但是它的影像总是隐约地留在我脑底，为我心中的焰（Fiammetta）的余光所映照着。

1923年2月

住

香市

◎茅盾

　　"清明"过后，我们镇上照例有所谓的"香市"，首尾大约半个月。

　　赶"香市"的群众，主要是农民。"香市"的地点，在社庙。从前农村还是"桃源"的时候，这"香市"就是农村的"狂欢节"。因为从"清明"到"谷雨"这二十天内，风暖日丽，正是"行乐"的时令，并且又是"蚕忙"的前夜，所以到"香市"来的农民一半是祈神赐福（蚕花廿四分），一半也是预酬蚕节的辛苦劳作。所说"借佛游春"是也。

　　于是"香市"中主要的节目无非是"吃"和"玩"。临时的茶棚，戏法场，"弄缸弄甏，走绳索，三上吊"的武技班，老虎，矮子，提线戏，髦儿戏，西洋镜——将社庙前五六十亩地的大广场挤得满满的。庙里的主人公是百草梨膏糖，花纸，各式各样泥的纸的金属的玩具，灿如繁星的"烛山"，熏得眼睛流泪的檀香烟，木拜垫上成排的磕头者。庙里庙外，人声和锣鼓声，还有孩子们手里的小喇叭，哨子的声音，混合成一片骚音，三里路外也听得见。

　　我幼时所见的"香市"，就是这样热闹的。在这"香市"中，我不但赏鉴了所谓"国技"，还认识了老虎、豹、猴子、穿山甲。所以"香市"也是儿童们的狂欢节。

"革命"以后,据说为了要"破除迷信",接连有两年不准举行"香市"。社庙的左屋被"公安分局"借去做了衙门,而庙前广场的一角也筑了篱笆,据说将造公园。社庙的左偏殿上又有什么"蚕种改良所"的招牌。

　　然而从去年起,这"迷信"的香市忽又准许举行了。于是我又得机会重温儿时的旧梦,我很高兴地同三位堂妹子(她们运气不好,出世以来没有见过像样的热闹的香市),赶那香市去。

　　天气虽然很好,"市面"却很不好。社庙前虽然比平日多了许多人,但那空气似乎很阴惨。居然有锣鼓的声音。可是那声音单调。庙前的乌龙潭一泓清水依然如昔,可是潭后那座戏台却坍塌了,屋椽子像瘦人的肋骨似的暴露在"光风化日"之下。一切都不像我儿时所见的香市了!

　　那么姑且到唯一的锣鼓响的地方去看一看罢。我以为这锣鼓响的是什么变把戏的,一定也是瘪三式的玩意了。然而出乎意料,这是"南洋武术班",上海的《良友画报》六十二期揭载的"卧钉床"的大力士就是其中的一员。那不是无名的"江湖班"。然而他们只售票价十六枚铜元。

　　看客却也很少,不满二百。(我进去的时候,大概只有五六十。)武术班的人们好像有点失望,但他们认真地表演了预告中的五六套:马戏、穿剑门、穿火门、走铅丝、大力士……他们说:"今天第一回,人少,可是把式不敢马虎——"他们三条船上男女老小总共有三十个人!

　　在我看来,这所谓南洋武术班的几套把式比起从前"香市"里的打拳头卖膏药的玩意来,委实是好看得多了。要是放在十多年前,怕不是挤得满场没个空隙儿么?但是今天第一天也只得二百来看客。往常"香市"的主角——农民,今天差不多看不见。

　后来我知道,镇上的小商人是重兴这"香市"的主动者;他们想借此吸引游客,振兴市面;他们打算从农民的干瘪的袋里榨出几文来。可是他们这计划失败了!

落花生

◎许地山

　　我们屋后有半亩隙地。母亲说："让它荒芜着怪可惜，既然你们那么爱吃花生，就辟来做花生园罢。"我们几姐弟和几个小丫头都很喜欢——买种的买种，动土的动土，灌园的灌园；过不了几个月，居然收获了！

　　妈妈说："今晚我们可以做一个收获节，也请你们爹爹来尝尝我们的新花生，如何？"我们都答应了。母亲把花生做成好几样食品，还吩咐这节期要在园里的茅亭举行。

　　那晚上的天色不大好，可是爹爹也到来，实在很难得！爹爹说："你们爱吃花生么？"

　　我们都争着答应："爱！"

　　"谁能把花生的好处说出来？"

　　姐姐说："花生的气味很美。"

　　哥哥说："花生可以制油。"

　　我说："无论何等人都可以用贱价买它来吃，都喜欢吃它。这就是它的好处。"

　　爹爹说："花生的用处固然很多；但有一样是很可贵的。这小小的豆不像那好看的苹果、桃子、石榴，把它们的果实悬在枝上，鲜红嫩绿的颜色，令人一望而发生羡慕的心。它只把果子埋在地底，等到成熟，才容人把它挖出来。你们偶然看见一棵花生瑟缩地长在地上,不能立刻辨出它有没有果实,非得等到你接触它才能知道。"

我们都说:"是的。"母亲也点点头。爹爹接下去说:"所以你们要像花生,因为它是有用的,不是伟大、好看的东西。"我说:"那么,人要做有用的人,不要做伟大、体面的人了。"爹爹说:"这是我对于你们的希望。"

我们谈到夜阑才散,所有花生食品虽然没有了,然而父亲的话现在还印在我心版上。

没有秋虫的地方

◎叶绍钧

　　阶前看不见一茎绿草，窗外望不见一只蝴蝶，谁说是鹁鸽①箱里的生活，鹁鸽未必这样趣味干燥呢。秋天来了，记忆就轻轻提示道："凄凄切切的秋虫又要响起来了。"可是一点影响也没有，邻舍儿啼人闹，弦歌杂作的深夜，街上轮震石响，邪许并起的清晨，无论你靠着枕儿听，凭着窗沿听，甚至贴着墙角听，总听不到一丝的秋虫的声息。并不是被那些欢乐的劳困的宏大的清亮的声音淹没了，以致听不出来，乃是这里本没有秋虫这东西。呵，不容留秋虫的地方！秋虫所不屑留的地方！

　　若是在鄙野的乡间，这时令满耳是虫声了。白天与夜间一样地安闲；一切人物或动或静，都有自得之趣；嫩暖的阳光或者轻淡的云影覆盖在场上，到夜呢，明耀的星月或者徐缓的凉风看守着整夜，在这境界这时间唯一的足以感动心情的就是虫儿们的合奏。它们高、低、宏、细、疾、徐、作、歇，仿佛曾经过乐师的精心训练，所以这样地无可批评，踌躇满志。其实它们每一个都是神妙的乐师；众妙毕集，各抒灵趣，哪有不成人间绝响的呢。虽然这些虫声会引起劳人的感叹，秋士的伤怀，

---

　　①　鹁鸽，传书之鸽。

独客的微喟,思妇的低泣;但是这正是无上的美的境界,绝好的自然诗篇,不独是旁人最欢喜吟味的,就是当境者也感到一种酸酸的麻麻的味道,这种味道在一方面是非常隽永的。

大概我们所薪求的不在于某种味道,只要时时有点儿味道尝尝,就自诩为生活不空虚了。假若这味道是甜美的,我们固然含着笑意来体味它;若是酸苦的,我们也要皱着眉头来辨尝它:这总比淡漠无味胜过百倍。我们以为最难堪而亟欲逃避的,唯有这一个淡漠无味!

所以心如槁木不如工愁多感,迷蒙的醒不如热的梦,一口苦水胜于一盏白汤,一场痛哭胜于哀乐两忘。但这里并不是说愉快乐观是要不得的,清健的醒是不须求的,甜汤是罪恶的,狂笑是魔道的。这里只说有味总比淡漠远胜罢了。

所以虫声终于是足系恋念的东西。又况劳人、秋士、独客、思妇以外还有无量的人,他们当然也是酷嗜味道的,当这凉意微逗的时候,谁能不忆起那妙美的秋之音乐?

可是没有,绝对没有!井底似的庭院,铅色的水门汀地,秋虫早已避去唯恐不速了。而我们没有它们的翅膀与大腿,不能飞又不能跳,还是死守在这里。想到"井底"与"铅色",觉得象征的意味丰富极了。

1923 年 8 月 31 日

异国秋思

◎庐隐

　　自从我们搬到郊外以来，天气渐渐清凉了。那短篱边牵延着的毛豆叶子，已露出枯黄的颜色来，白色的小野菊，一丛丛由草堆里攒出头来，还有小朵的黄花在凉劲的秋风中抖颤，这一些景象，最容易勾起人们的秋思，况且身在异国呢！低声吟着帘卷西风，人比黄花瘦之句，这个小小的灵宫，是弥漫了怅惘的情绪。

　　书房里格外显得清寂，那窗外蔚蓝如碧海似的青天，和淡金色的阳光。还有挟着桂花香的阵风，都含了极强烈的、挑拨人类心弦的力量，在这种刺激之下，我们不能继续那死板的读书工作了，在那一天午饭后，波便提议到附近吉祥寺去看秋景，三点多钟我们乘了市外电车前去——这路程太近了，我们的身体刚刚坐稳便到了。走出长甬道的车站，绕过火车轨道，就看见一座高耸的木牌坊，在横额上有几个汉字写着"井之头恩赐公园"。我们走进牌坊，便见马路两旁树木葱茏，绿阴匝地，一种幽妙的意趣，萦缭脑际，我们怔怔地站在树影下，好像身入深山古林了。在那枝柯掩映中，一道金黄色的柔光正荡漾着，使我想象到一个披着金绿柔发的仙女，正赤着足，踏着白云，从这里经过的情景。再向西方看，一抹彩霞，正横在那叠翠的峰峦上，如黑点的飞鸦，穿林翻翻，我一缕的愁心真不知如何安排，我要吩咐征鸿把它带回故国吧！无奈它是那样不着迹地去了。

我们徘徊在这浓绿深翠的帷幔下，竟忘记前进了。一个身穿和服的中年男人，脚上穿着木屐，踢踏踢踏地来了。他向我们打量着，我们为避免他的觑视，只好加快脚步走向前去。经过这一带森林，前面有一条鹅卵石堆成的斜坡路，两旁种着整齐的冬青树，只有肩膀高，一阵阵的青草香，从微风里荡过来，我们慢步走着，陡觉神气清爽，一尘不染，下了斜坡，面前立着一所小巧的东洋式茶馆，里面设了几张小矮几和坐褥，两旁列着柜台，红的蜜桔，青的苹果，五色的杂糖，错杂地罗列着。

"呀！好眼熟的地方！"我不禁失声喊了出来。于是潜藏在心底的印象，陡然一幕幕地重映出来，唉！我的心有些颤抖了，我是被一种感怀已往的情绪所激动，我的双眼怔住，胸膈间充塞着悲凉，心弦凄紧地搏动着。自然是回忆到那些曾被流年蹂躏过的往事：

"唉！往事，只是不堪回首的往事呢！"我悄悄地独自叹息着。但是我的脑海目前仍然有一副逼真的图画在显现出来……

一群骄傲于幸福的少女们，她们孕育着玫瑰色的希望，当她们将由学校毕业的那一年，曾随了她们德高望重的教师，带着欢乐的心情，渡过日本海来访蓬莱的名胜。在她们登岸的时候，正是暮春三月樱花乱飞的天气。那些缀锦点翠的花树，都使她们乐游忘倦。她们从天色才黎明时，便由东京的旅舍出发；先到上野公园看过樱花的残装后，又换车到井之头公园来。这时疲倦袭击着她们，非立刻找个地点休息不可。最后她们发现了这个位置清幽的茶馆,便立刻决定进去吃些东西。大家团团围着矮凳坐下,点了两壶龙井茶和一些奇甜的东洋点心,她们吃着喝着,高声谈笑着,她们真像是才出谷的雏莺;只觉眼前的东西,件件新鲜,处处都富有生趣。当然她们是被搂在幸福之神的怀抱里了。青春的爱娇,活泼快乐的心情,她们拥有多么令人艳羡的人生呢!

但是流年把一切都毁坏了!谁能相信今天在这里低徊追怀往事的我,也正是当年的幸福者之一呢!哦!流年,残刻的流年呵!它带走了人间的爱娇,它蹂躏英雄的壮志,使我站在这似曾相识的树下,只有咽泪,我有什么方法,使年光倒流呢!

唉!这仅仅是九年后的今天。呀,这短短的九年中,我走的是崎岖的世路,我攀援过陡峭的崖壁,我由死的绝谷里逃命,使我尝着忍受由心头淌血的痛苦,命运要我喝干自己的血汁,如同喝玫瑰酒一般……

唉!这一切的刺心回忆,我忍不住流下辛酸的泪滴,连忙离开这容易激起感情的地方吧!我们便向前面野草漫径的小路上走去,忽然听见一阵悲恻的唏嘘声,我仿佛看见张着灰色翅翼的秋神,正躲在那厚密枝叶背后。立时那些枝叶都簌簌窣窣地颤抖起来。草底下的秋虫,发出连续的唧唧声,我的心感到一阵阵的凄冷;不敢向前去,找到路旁一张长木凳坐下。我用滞呆的眼光,向那一片阴阴森森的丛林里瞪视,当微风分开枝柯时,我望见那小河里的潺潺碧水了。水上绉起一层波纹,一只小划子,从波纹上溜过。两个少女摇着桨,低声唱着歌儿。我看到这里,又无端感触起来,觉得喉头哽塞,不知不觉叹道:"故国不堪回首。"同时那北海的红漪清波浮现眼前,那些手携情侣的男男女女,恐怕也正摇着画桨,指点着眼前清丽秋景,低语款款吧！况且又是菊茂蟹肥时候,料想长安市上,车水马龙,正不少欢乐的宴聚,这飘泊异国、秋思凄凉的我们当然是无人想起的。不过,我们却深深地眷怀着祖国,渴望得些好消息呢！况且我们又是神经过敏的,揣想到树叶凋落的北平,凄风吹着、冷雨洒着的这些穷苦的同胞,也许正向茫茫的苍天悲诉呢！唉,破碎紊乱的祖国呵！北海的风光不能粉饰你的寒伧！今雨轩的灯红酒绿,不能安慰忧患的人生,深深眷念祖国的我们,这一颗因热望而颤抖的心,最后是被秋风吹冷了。

囚绿记

◎陆蠡

这是去年夏间的事情。

我住在北平的一家公寓里。我占据着高广不过一丈的小房间，砖铺的潮湿的地面，纸糊的墙壁和天花板，两扇木格子嵌玻璃的窗，窗上有很灵巧的纸卷帘，这在南方是少见的。

窗是朝东的。北方的夏季天亮得快，早晨五点钟左右太阳便照进我的小屋，把可畏的光线射个满室，直到十一点半才退出，令人感到炎热。这公寓里还有几间空房子，我原有选择的自由的，但我终于选定了这朝东房间，我怀着喜悦而满足的心情占有它，那是有一个小小的理由。

这房间靠南的墙壁上，有一个小圆窗，直径一尺左右。窗是圆的，却嵌着一块六角形的玻璃，并且左下角被打碎了，留下一个大孔隙，手可以随意伸进伸出。圆窗外面长着常春藤。当太阳照过它繁密的枝叶，透到我房里来的时候，便有一片绿影。我便是欢喜这片绿影才选定这房间的。当公寓里的伙计替我提了随身小提箱，领我到这房间来的时候，我瞥见这绿影，感觉到一种喜悦，便毫不犹疑地决定下来，这样爽直使公寓里的伙计都惊奇了。

绿色是多宝贵的啊！它是生命，它是希望，它是安慰，它是快乐。我怀念着绿色把我的心等焦了。我欢喜看水白，我欢喜看草绿。我疲累于灰暗的都市的天空，和黄漠的平原，我怀念着绿色,如同涸辙的鱼盼等着雨水!我急不暇择的心情即使一枝之绿也视同至宝。当我在这小房中安顿下来,我移徙小台子到圆窗下,让我面朝墙壁和小窗。门虽是常开着,可没人来打扰我,因为在这古城中我孤独而陌生。但我并不感到孤独。我忘记了困倦的旅程和以往的许多不快的记忆。我望着这小圆洞,绿叶和我对语。我了解自然无声的语言,正如它了解我的语言一样。

我快活地坐在我的窗前。度过了一个月、两个月,我留恋于这片绿色。我开始了解渡越沙漠者望见绿洲的欢喜,我开始了解航海的冒险家望见海面飘来花草的茎叶的欢喜。人是在自然中生长的,绿是自然的颜色。

我天天望着窗口常春藤的生长。看它怎样伸开柔软的卷须,攀住一根缘引它的绳索,或一茎枯枝;看它怎样舒开折叠着的嫩叶,渐渐变青,渐渐变老,我细细观赏它纤细的脉络、嫩芽,我以揠苗助长的心情,巴不得它长得快,长得茂绿。下雨的时候,我爱它淅沥的声音,婆娑的摆舞。

忽然有一种自私的念头触动了我。我从破碎的窗口伸出手去,把两枝浆液丰富的柔条牵进我的屋子里来,教它伸长到我的书案上,让绿色和我更接近,更亲密。我拿绿色来装饰我这简陋的房间,装饰我过于抑郁的心情。我要借绿色来比喻葱茏的爱和幸福,我要借绿色来比喻猗郁的年华。我囚住这绿色如同幽囚一只小鸟,要它为我作无声的歌唱。

绿的枝条悬垂在我的案前了。它依旧伸长,依旧攀缘,依旧舒放,并且比在外边长得更快。我好像发现了一种"生的欢喜",超过了任何一种喜悦。从前我有个时候,住在乡间的一所草屋里,地面是新铺的泥土,未除净的草根在我的床下苗出嫩绿的芽苗,蕈菌在地角上生长,我不忍加以剪除。后来一个友人一边说一边笑,替我拔去这些野草,我心里还引为可惜,倒怪他多事似的。

可是每天早晨,我起来观看这被幽囚的"绿友"时,它的尖端总朝着窗外的方向。甚至于一枚细叶,一茎卷须,都朝原来的方向。植物是多么固执啊!它不了解我对它的爱抚,我对它的善意。我为了这永远向着阳光生长的植物不快,因为它损害了我的自尊心。可是我囚系住它,仍旧让柔弱的枝叶垂在我的案前。

它渐渐失去了青苍的颜色,变成柔绿,变成嫩黄;枝条变成细瘦,变成娇弱,好像病了的孩子。我渐渐不能原谅我自己的过失,把天空底下的植物移锁到暗黑的室内;我渐渐为这病损的枝叶可怜,虽则我恼怒它的固执、无亲热,我仍旧不放走它。魔念在我心中生长了。

我原是打算七月尾就回南去的。我计算着我的归期,计算这"绿囚"出牢的日子。在我离开的时候,便是它恢复自由的时候。

卢沟桥事件发生了。担心我的朋友电催我赶速南归。我不得不变更我的计划;在七月中旬,不能再流连于烽烟四逼中的旧都,火车已经断了数天,我每日须得留心开车的消息。终于在一天早晨候到了。临行时我珍重地开释了这永不屈服于黑暗的囚人。我把瘦黄的枝叶放在原来的位置上,向它致诚意的祝福,愿它繁茂苍绿。

离开北平一年了。我怀念着我的圆窗和绿友。有一天,得重和它们见面的时候,会和我面生吗?

书房的窗子

◎杨振声

说也可怜，八年抗战归来，卧房都租不到一间，何言书房？既无书房，又何从说到书房的窗子！

唉！先生，你别见笑，叫花子连做梦都在想吃肉，正为没得，才想得厉害，我不但想到书房，连书房里每一角落，我都布置好了。今天又想到了我那书房的窗子。

说起窗子，那真是人类穴居之后一点灵机的闪耀才发明了它。它给你清风与明风，它给你晴日与碧空，它给你山光与水色，它给你安安静静地坐窗前，欣赏着宇宙的一切，一句话，它打通你与天然的界限。

但窗子的功用，虽是到处一样，而窗子的方向，却有各人的嗜好不同。陆放翁的"一窗晴日写黄庭"，大概指的是南窗，我不反对南窗的光朗与健康，特别在北方的冬天，南窗放进满屋的晴日，你随便拿一本书坐在窗下取暖，书页上的诗句全浸润在金色的光浪中，你书桌旁若有一盆腊梅那就更好——以前在北平只值几毛钱一盆，高三四尺者亦不过一两元，腊梅比红梅色雅而秀清，价钱并不比红梅贵多少。那么，就算有一盆腊梅罢。腊梅在阳光的照耀中荡漾着芬芳，把几枝疏脱的影子漫画在新洒扫的兰砖地上，如漆墨画。天知道，那是一种清居的享受。

东窗在初红里迎着朝暾，你起来开了格扇，放进一屋的清新。朝气洗涤了昨宵一梦的荒唐，使人精神清振，与宇宙万物一体更新。假使你窗外有一株古梅或是海棠，你可以看"朝日红妆"；有海，你可以看"海日生残夜"；一无所有，看朝霞的艳红，再不然，看想象中的郯宫，"晓日靓装千骑女，白樱桃下紫纶巾。"

"挂起西窗浪按天"这样的西窗，不独坡翁喜欢，我们谁都喜欢。然而西窗的风趣，正不止此，压山的红日徘徊于西窗之际，照出书房里一种透明的宁静。苍蝇的搓脚，微尘的轻游，都带些倦意了。人在一日的劳动后，带着微疲放下工作，舒适地坐下来吃一杯热茶，开窗西望，太阳已隐到山后了。田间小径上疏落地走着荷锄归来的农夫，隐约听到母牛哞哞地在唤着小犊同归。山色此时已由微红而深紫，而黝蓝。苍然暮色也渐渐笼上山脚的树林。西天上独有一缕镶着黄边的白云冉冉而行。

然而我独喜欢北窗。那就全是光的问题了。

说到光，我有一致偏向，就是不喜欢强烈的光而喜欢清淡的光，不喜欢敞开的光而喜欢隐约的光，不喜欢直接的光而喜欢反射的光，就拿日光来说罢，我不爱中午的骄阳，而爱"晨光之熹微"与夫落日的古红。纵使光度一样，也觉得一片平原的光海，总不及山阴水曲间光线的隐翳，或枝叶扶疏的树阴下光波的流动，至于反光更比直光来得委婉。"残夜水明楼"是那般的清虚可爱；而"明清照积雪"使你感到满目清晖。

不错，特别是雪的反光。在太阳下是那样霸道，而在月光下却又这般温柔。其实，雪光在阴阴天宇下，也蛮有风趣。特别是新雪的早晨，你一醒来全不知道昨宵降了一夜的雪，只看从纸窗透进满室的虚白，便与平时不同，那白中透出银色的清晖，温润而匀净，使屋子里平添一番恬静的滋味，披衣起床且不看雪，先掏开那尚未睡醒的炉子，那屋里顿然煦暖。然后再从容揭开窗帘一看，满目皓洁，庭前的枝枝都压垂到地角上了，望望天，还是阴阴的，那就准知道这一天你的屋子会比平常更幽静。

至于拿月光与日光比，我当然更喜欢月光，在月光下，人是那般隐藏，天宇是那般的素净。现实的世界退缩了，想象的世界放大了。我们想象的放大，不也就是我们人格的放大？放大到感染一切时，整个世界也因而富有情思了。"疏影横斜水清浅，暗香浮动月黄昏。"比之"晴雪梅花"更为空灵，更为生动，"无情有恨何人见，月亮风清欲坠时"比之"枝头春意"更富深情与幽思；而"宿妆残粉末明天，每立昭阳花树边"也比"水晶廉下看梳头"更动人怜惜之情。

这里不止是光度的问题，而是光度影响了态度。强烈的光使我们一切看得清楚，却不必使我们想得明透，使我们有行动的愉悦，却不必使我们有沉思的因缘；使我像春草一般向外发展，却不能使我们像夜合一般向内收敛。强光太使我们与外物接近了，留不得一分想象的距离。而一切文艺的创造，绝不是一些外界事物的推拢，而是事物经过个性的镕冶，范铸出来的作物。强烈的光与一切强有力的东西一样，它压迫我们的个性。

以此，我便爱上了北窗，南窗的光强，固不必说；就是东窗和西窗也不如北窗。北窗放进的光是那般清淡而隐约，反射而不直接，说到反光，当然便到了"窗子以外"了，我不敢想象窗外有什么明湖或青山的反光，那太奢望了。我只希望北窗外有一带古老的粉墙。你说古老的粉墙？一点不错。最低限度地要老到透出点微黄的颜色；假如可能，古墙上生几片青翠的石斑。这墙不要去窗太近，太近则逼窄，使人心狭；也不要太远，太远便不成为窗子屏风；去窗一丈五尺左右便好。如此古墙上的光辉返射在窗下的书桌上，润泽而淡白，不带一分逼人的霸气。这种清光绝不会侵凌你的幽静，也不会扰乱你的运思。它与清晨太阳未出以前的天光，及太阳初下，夕露未滋，湖面上的水光同是一样的清幽。

　　假如，你嫌这样的光太朴素了些，那你就在墙边种上一行疏竹。有风，你可以欣赏它婆娑的舞容；有月，窗上迷离的竹影，有雨，它给你平添一番清凄；有雪，那素洁，那清劲，确是你清寂中的佳友。即使无月无风，无雨无雪，红日半墙，竹荫微动，掩映于你书桌上的清晖，泛出一片青翠，几纹波痕，那般的生动而空灵，你书桌上满写着清新的诗句，你坐在那儿。纵使不读书也"要得"。

有人问起我的家

◎端木蕻良

有时我收到了陌生者的来信,对我投下了亲切的感想和探问。

而最使我感到一种内心的悸痛的,是一个漂泊在异地的"和我是一块土上的"一个年轻的孩子的狂热的来信,他的热情,照见了我中学时代的追求和梦想,唤起了我对故乡不可摆脱的迷恋,使我感受到人类心灵交感中的热爱,而最使我痛苦的,是他问起了"我的家是在东北角上的哪一点"。

在我答复他的信里,我却把这个问题轻轻略去,没有提起。

要我说我的家乡,是很困难的。我不怕小鬼子的特务机关会采访出我的尚滞留在失去的地面上的亲爱的人,因为我的供状而使他们受到了株连(并不是为了英雄)。虽然他们的王道就是这样神经衰弱的,初不用其怀疑。

使我最大的不情愿,是故乡在我的眼里给我安放下痛苦的记忆。我每一想起它,就在我面前浮出了一片"悲惨的世界"。当然在别处我看到浓度比它更重,花样比它更显赫的可怕的悲痛与丑恶。但是,请原谅,那是我的降生地。那是我第一次看见的人间的事物。

倘能逃避痛苦,我敢以生命打赌,我绝不愿意和痛苦为邻的。所以我也需要忘却。

我的家的所在地，你在地图上可以找到。

翻开地图，你可以看见"科尔沁左翼后旗"，"科尔沁左翼前旗"，"科尔沁右翼后旗"，"科尔沁右翼前旗"。

那上面就有我的所谓的"家"的存在。

倘若你翻的是《申报》五十周年纪念图，那么你会惊奇怎么地球上会有这么一片可爱的娇绿，说它不是海，你会摇头的。然而这就是土地，而且是曾经失去了的。

我生长的村子，叫作"鸬鹚树"。在我出生一个月光景，就在一个狂风暴雨的晚上，在我母亲的乳房下，由着颠簸的大车，渡过了滚滚黑泥，突过了土匪的袭击，逃到了城里。从那之后，我没有见过"鸬鹚树"。

我们便卜居在城里，那城是并不怎么"秀丽"的。

我看见白薇女士写的《我的家乡》，她以婉约的感觉，写出那人间美好的回忆……倘我和她相识，我一定去她的家乡跑上一圈，尤其是她们的古老的宅第。

可惜的是我的家乡是在那荒凉的关外呀，它不会有江南的旖旎，你只好堵上耳朵，任凭去"唱大江东去"罢。

虽然不是那种二十七八岁的娇媚的小姑娘，"但对故乡，是不由心中选择，只能爱的"。

虽然在不久以前，屯住在西北的东北的健儿们，想起故园的河水、屋宇、先人的坟、嫩弱的妻女……喊出了"打回老家去！"的呼声，而马上就接到了高级长官的训话："当军人的是以四海为家的，我们到了哪块，哪块儿就是你的家！"原来失去了家的人是不该想家的，想家就是罪恶。

我是没有那么飘飘然的襟怀的，也不那么有出息，我是牢牢地纪念着我的家乡,尤其是失眠之夜。

在过去,我是从不想家的。小时候我看过了爱罗先珂的《狭的笼》之后,我就把"家"看成了封建的枷锁,总想一斧头将它捣翻。现在好了,用不着我来捣,我的家已经在饥饿线上拉成了五段。从江南到东北,倘若我想把我的家人看望完全,我要在这五千里的途程之中停留五段,而那最后的一段,我依然不能看见。(假使你能知道我的家只有几个人的时候,你会感觉到契诃夫所写出的含泪的微笑了。)因为在九一八之后,我提着脑袋去看了他们一次,又提着脑袋回来之后,我的智慧告诉我,还是顺从母亲一次吧,母亲的头发全白了。

说故乡带给我以痛苦,那是由于人事,倘然单单专指风景,那也是美的。

我家住的街叫"杏树园子胡同",要在四月光景,向外望去,满眼都是杏花、梨花、樱桃花。虽然说以杏树著名,但是我却不喜欢那儿产出的杏,上至"桃核大杏",下至"羊巴巴蛋杏",我都不喜欢。我喜欢的,却是那柔若无骨的"香水梨",那可爱的梨呀。贝多芬说:"为了真理,一个王国也不换。"但是要是为了那梨呀,两个王国我也换,我要换的。但是如今,我们的主人,赔去了五个王国,我却不许吃那里的梨。

香水梨,

我对你含着情人的怀恋,

我只要再吃你一次。

在我家的西边是西河沟,那里的风景曾在我的第一个长篇里被描写过,那完全是真实的。北边是僧格林沁的祠堂,有几百株白杨在萧萧地响着。东边有老爷岭遥遥在望,可以使人幻化出千奇百怪的梦想。

西河沟对我的宝爱是无限的。那地方没有人，樵夫不会和你碰头的，他只能用斧斤声和你谈话。打雀的啸子你也不会听见了，因为"小满"压根儿过了。那地方，我常常去的，有一次，一本《呐喊》，也是躺在那一棵倒在水面的树上看完的。我还记得那树面和流水相吻的地方，长出白酥酥的须根，用手抹抹，并不那么容易掉的，有时也有小鱼偷着啄一下，又掉头跑了。

听着小鸟的溜鸣，我能在那里留恋上四五个钟头。倘若能不吃饭，我就不走。有一次我用手在水里留住了一条小鱼，我就在泉眼里洗净了它，（那泉眼有时会在冰点下二十度，）将它生吞了，真是原始人的喜悦。

我虽酷爱自然，但我却更爱那第二自然的。有人说我把自然给神化了，其实是过虑的（我自信没有这么大法力）。"海在笑着"是高尔基有名的句子。但这种描写方法是和我无缘的。我倒另外服膺一个名家的说法。他说："有些神经质的、脑力有微细发展的、情感易于触发的人，具有一种对于自然的特别的观察，对于自然的美的特别的感觉；他们会注意到许多的色度，许多不易把捉的微细的部分，而描写出来，有时恰到好处，十分的配适；因此图画的大线条反掩隐过去，或竟无力予以捉握。对于这般人可以说，他们最容易得到的是美的香味，他们的话语是芳香的。"他又说："……这是显而易见的，因为人最难的是脱离自我，而潜思自然的现象。"

倘使我能专在风景上用功夫，故乡对我是有福了。可惜是它告诉我更多的人事。

我原是喜欢巴尔扎克更甚于莎士比亚的。

什么时候，我能回到家里去再吃一次那柔若无骨的香水梨。

我的家乡。

楼板

◎丰子恺

记得我小时的事：我们家里那只很低小的厅上正在供起香烛，请六神菩萨。离开蜡烛火焰两尺就是单薄的楼板，楼板上面正是置马桶的地方。有人在便溺的时候，楼下历历可闻其声。当时我已经从祖母及母亲平日的举动言语间习知菩萨与便溺的相犯。这时候看见了在马桶声底下请六神的情形，就责问母亲，母亲用一个"吓"字批掉我的责问，继续又说："隔重楼板隔重山。"

当时我并不敢确信"板"的效用如是其大，只是被母亲这"吓"字压倒了。后来我在上海租住房子，才晓得这句古典语的确是至理名言。"隔重楼板隔重山"，上海的空间的经济，住家的拥挤，隔一重板，简直可有交通断绝而气候不同的两个世界，"板"的力竟比山还大。

五六年之前，我初到上海，曾在上海西门的某里租住人家的一间楼底。楼面与楼底分住两份人家，这回是我的初次经验。在我们的故乡，楼上总是卧房，楼下总是供家堂六神的厅，绝没有楼上楼下分住两份人家的习惯。我托人找到了这房子，进屋的前两天，自己先去看一次。三开间的一座楼屋，楼上三个楼面是二房东自己住的，楼下左面一间已另有一份人家租住，中央一间正面挂着一张朱柏庐先生的治家格言，两

楼
板

29

壁挂着书画,是公用的客堂,右面一间空着,就是我要租住的。在初到上海的我看来,这实在是一家,我们此后将同这素不相识的两份人家同居,朝夕同堂,出入同门,这是何等偶然而妙的因缘。将来我们对这两份人家一定比久疏的亲戚同族要亲近得多,我们一定从此添了两家新的亲友,这是何等偶然而奇妙的因缘。我独自起了这样的心情,就请楼上的二房东下来,预备同他接洽,并作初见的谈话。

一个男的二房东从楼窗里伸出头来,问我有什么事。我走到天井里,仰起头来回答他说:"我就是来租住这间房间的,要和房东先生谈一谈。"那人把眉头一皱,对我说:

"你租房子?没有什么可谈的。你拿出十二块钱,明天起这房子归你。"

那头就缩了进去。随后一个娘姨出来,把那缩进去的头所说的话对我复述了一遍。我心中有点不快,但想租定了也罢,就付他十二块钱,出门去了。

后来我们搬进去住了。虽然定房子那一天我已经见过这同居者的颜色,但总不敢相信人与人的相待是这样冷淡的,楼板的效用这样大的。偶然在门间或窗际看见邻家的人的时候,我总想招呼他们,同他们结邻人之谊。然而他们的脸上有一种不可侵犯的颜色和一种拒人的力,常常把我推却在千里之外。尽我们租住这房子的六个月之间,与隔一重楼板的二房东家及隔一所客堂的对门的人家朝夕相见,声音相闻,而终于不相往来,不相交语,偶然在里门口或天井里交臂,大家故意侧目而过,反似结了仇怨。

那时候我才回想起母亲的话,"隔重楼板隔重山",我们与他们实在分居着空气不同的两个世界,而只要一重楼板就可隔断。板的力比山还大!

一个消逝了的山村

◎冯至

    在人口稀少的地带，我们走入任何一座森林，或是一片草原，总觉得它们在洪荒时代大半就是这样。人类的历史演变了几千年，它们却在人类以外。不起一些变化，千百年如一日，默默地对着永恒。其中可能发生的事迹，不外乎空中的风雨，草里的虫蛇，林中出没的走兽和树间的鸣鸟。我们刚到这里来时，对于这座山林，也是那样感想，绝不会问到：这里也曾有过人烟吗？但是一条窄窄的石路的残迹泄露了一些秘密。

    我们走入山谷，沿着小溪，走两三里到了水源，转上山坡，便是我们居住的地方。我们住的房屋，建筑起来不过二三十年，我们走的路，是二三十年来经营山林的人们一步步踏出来的。处处表露出新开辟的样子，眼前的浓绿浅绿，没有一点历史的重担。但是我们从城内向这里来的中途，忽然觉得踏上了一条旧路。那条路是用石块砌成，从距谷口还有四五里远的一个村庄里伸出，向山谷这边引来，先是断断续续，随后就隐隐约约地消失了。它无人修理，无日不在继续着埋没下去。我在那条路上走时，好像是走着两条道路：一条路引我走近山居，另一条路是引我走到过去。因为我想，这条石路一定有一个时期宛宛转转地一直伸入谷口，在谷内溪水的两旁，现在只有树木的地带，曾经有过房屋，只有草的山坡上，曾经有过

田园。

　　过了许久，我才知道，这里实际上有过村落。在七十年前，云南省的大部分，经过一场浩劫，回、汉互相仇杀，有多少村庄城镇在这里衰落了。在当时短短的二十年内，仅就昆明一个地方说，人口就从一百四十余万下降到二十五万。这里原有的山村，是回民的，还是汉人的，是一次便毁灭了呢，还是渐渐地凋零下去，我们都无从知道，只知它是在回人几度围攻省城时成了牺牲。现在就是一间房屋的地基都寻不到了，只剩下树林、草原、溪水，除却我们的住房外，周围四五里内没有人家，但是每座山，每个幽隐的地方还都留有一个名称。这些名称现在只生存在从四邻村里走来的砍柴、背松毛、放牛牧羊的人们的口里。此外它们却没有什么意义；若有，就是使我们想到有些地方曾经和人发生过关系，都隐藏着一小段兴衰的历史吧。

　　我不能研究这个山村的历史，也不愿用想象来装饰它。它像是一个民族在这世界里消亡了，随着它一起消亡的是它所孕育的传说和故事。我们没有方法去追寻它们，只有在草木之间感到一些它们的余韵。

　　最可爱的是那条小溪的水源，从我们对面山的山脚下涌出的泉水，它不分昼夜地在那儿流，几棵树环绕着它形成一个阴凉的所在。我们感谢它，若是没有它，我们就不能在这里居住，那山村也不会曾经在这里滋长。这清冽的泉水，养育我们，同时也养育过往日那村里的人们。人和人，只要是共同吃过一棵树上的果实，共同饮过一条河里的水，或是共同担受过一个地方的风雨，不管是时间或空间把他们隔离得有多么远，彼此都会感到几分亲切，彼此的生命都有些声息相通的地方。

我深深理解了古人一首情诗里的句子："日日思君不见君，共饮长江水。"

其次就是鼠麴草。这种在欧洲非登上阿尔卑斯山的高处不容易采撷得到的名贵的小草，在这里每逢暮春和初秋却一年两季地开遍了山坡。我爱它那从叶子演变成的、有白色茸毛的花朵，谦虚地掺杂在乱草的中间。但是在这谦虚里没有卑躬，只有纯洁，没有矜持，只有坚强。有谁要认识这小草的意义吗？我愿意指给他看：在夕阳里一座山丘的顶上，坐着一个村女，她聚精会神地在那里缝什么，一任她的羊在远远近近的山坡上吃草，四面是山，四面是树，她从不抬起头来张望一下，陪伴着她的是一丛一丛的鼠麴从杂草中露出头来。这时我正从城里来，我看见这幅图像，觉得我随身带来的纷扰都变成深秋的黄叶，自然而然地凋落了。这使我知道，一个小生命是怎样鄙弃了一切浮夸，孑然一身担当着一个大宇宙。那消逝了的村庄必定也曾经像是这个少女，抱着自己的朴质，春秋佳日，被这些白色的小草围绕着，在山腰里一言不语地负担着一切。后来一个横来的命运使它骤然死去，不留下一些夸耀后人的事迹。

雨季是山上最热闹的时代，天天早晨我们都醒在一片山歌里。那是些从五六里外趁早上山来采菌子的人。下了一夜的雨，第二天太阳出来一蒸发，草间的菌子，俯拾皆是：有的红如胭脂，青如青苔，褐如牛肝，白如蛋白，还有一种赭色的，放在水里立即变成靛蓝的颜色。我们望着对面的山上，人人踏着潮湿，在草丛里、树根处，低头寻找新鲜的菌子。这是一种热闹，人们在其中并不忘却自己，各人盯着各人目前的世界。这景象，在七十年前也不会两样。这些彩菌，不知点缀过多少民族的童话，它们一定也滋养过那山村里的人们的身体和儿童的幻想吧。

这中间，高高耸立起来那植物界里最高的树木，有加利树。有时在月夜里，月光把被微风摇摆的叶子镀成银色，我们望着它每瞬间都在生长，仿佛把我们的身体，我们的周围，甚至全山都带着生长起来。望久了，自己的灵魂有些担当不起，感到悚然，好像对着一个崇高的严峻的圣者，你不随着他走，就得和他离开，中间不容有妥协。——但是，这种树本来是异乡的，移植到这里来并不久，那个山村恐怕不会梦想到它，正如一个人不会想到它死后的坟旁要栽什么树木。

秋后，树林显出萧疏。刚过黄昏，野狗便四出寻食，有时远在山沟里，有时近到墙外，发出种种求群求食的嗥叫的声音。更加上夜夜常起的狂风，好像要把一切都给刮走。这时有如身在荒原，所有精神方面所体验的，物质方面所获得的，都失却了功用。使人想到海上的飓风，寒带的雪潮，自己一点也不能做主。风声稍息，是野狗的嗥声，野狗声音刚过去，松林里又起了涛浪。这风夜中的嗥声对于当时的那个村落，一定也是一种威胁——尤其是对于无眠的老人，夜半惊醒的儿童和抚慰病儿的寡妇。

在比较平静的夜里，野狗的野性似乎也被夜的温柔驯服了不少。代替野狗的是麂子的嘶声。这温良而机警的兽，自然要时时躲避野狗，但是逃不开人的诡计。月色朦胧的夜半，有一二猎夫，会效仿麂子的嘶声，往往登高一呼，麂子便成群地走来……据说，前些年，在人迹罕到的树丛里还往往有一只鹿出现。不知是这里曾经有过一个繁盛的鹿群，最后只剩下了一只，还是根本是从外边偶然走来而迷失在这里不能回去呢？反正这近乎是传说了。这美丽的兽，如果我们在庄严的松林里散步，它不期然地在我们对面出现，我们真会像是Saint Eustache 一般，在它的两角之间看见了幻境。

两三年来，这一切，给我的生命许多滋养。但我相信它们也曾以同样的坦白和恩惠对待那消逝了的村庄。这些风物，好像至今还在述说它的命运。在风雨如晦的时刻，我踏着那村里的人们也踏过的土地，觉得彼此相隔虽然将及一世纪，但在生命的深处，却和他们有着意味不尽的关联。

我们的城堡

◎何其芳

　　站在我们坐宅的门外便可以望见一个突起在丛林间的石筑城堡。它本来蹲踞在一座小山上，或者说一片大的岩石上，但远远看去，竟像是那蓊郁的林木的苍翠把它高高举到天空中了。

　　它像一个方形的灰白色的楼阁矗立在天空中。但这是它的侧面。它的身体实际是狭小而长的；在它下面几百步之外，在那岩边，一条石板路可以通到县城；曾经有多少人从那路上走过啊，而那些过路人抬头看见这城堡，往往喜欢把它比作一只汽船，但比他们见过的那些能行驶到川河里的汽船，这城堡是稍长稍大的，在它里面可以住着六户人家。

　　它是由我们祖父一辈很亲的六房人合力建筑的。在二十年以前我们家乡开始遭受匪徒的骚扰，避难者便上洞上寨。所谓洞是借着岩半腰的自然的空穴，筑一道城墙以防御，虽据有天险但很怕长期的围攻，因为粮食与水的来源既完全断绝，而当残酷的敌人应用熏老鼠的方法时又是很难忍受的。寨则大小总是一座城了。但那些大寨子里居住着数十人家，不仅很难齐心合力，而且甚至有了匪徒来攻有做内应者的事了。所以我们很亲的六房人便筑了这样一个小城堡。

　　这城堡实在是很狭小的，每家不过有着四间屋子，后面临岩,前面便对着城墙。屋子与城墙之间的几步宽的过道是这城堡中的唯一的街。

我曾先后在它里面关闭了五六年。

冰冷的石头;小的窗户;寂寞的悠长的岁月。

但我是多么清楚地记得那些岁月,那些琐碎不足道的故事,那我曾在它上面跑过无数次的城墙,那水池,和那包着厚铁皮的寨门。我还能一字不错地背诵出那刻在门内一边石壁上的铭记的开头两三行:

> 蒲池冈陵惟兹山最险,由山麓以至绝顶,临下面俯
> 视,绝壑万仞,渺莫测其所穷……

在后面"撰并书"之上刻着我一位叔父的名字,最后一行记载着时间,民国六年某月某日。我那位叔父在家族间是以善写字和读书读到文理通顺著称的,从前祖父每次提到他便慨叹着科举的废止。然而我那些差不多都是清谈家兼批评家的舅舅却喜欢当着我的面谈论他,讥笑他,挑他的错,成为一种乐事。现在我要说明的是寨子后面虽临着绝岩不过四五丈高,前面不过斜斜的数十级石梯伸到寨门,"绝壑万仞"一类的话实在有点儿夸大。

人的记忆是古怪的。它像一个疏疏的网,有时网着的又不过是一些水珠。我再也想不起移居到这新落成的城堡的第一天是在什么季节,并给我一些什么印象了,关于这城堡我最早的记忆是石匠们的凿子声,工人们的打号声,和高高的用树木扎成的楼架。

这时正修着寨门侧的爬壁碉楼和寨尾的水池。匪徒们围

攻寨子时总是不顾危险地奔到门前,用煤油燃烧,虽包了铁皮的门也有被毁的可能的,所以在门的侧边不能不补修一个碉楼以资防卫了。至于水池,和储藏食粮的木仓一样,更是必需的设备,而寨尾的一片空地又恰好凿成一个大的方池。

石匠们用凿子把那些顽强的岩石打成整齐的长石条,工人们便大声地打着号子,流着汗,抬着它们到那摇摇的楼架上去,数丈高的碉楼便渐渐地完成了。

可赞叹的人力在一个六七岁的孩子的眼中第一次显示了它的奇迹。

石匠们去了又来了铁匠。那风箱是怎样呼呼地响而熔炉里又发出怎样高的火光啊,黑色的坚硬的铁投进炉火后用长脚的钳子夹出来便变为红色而柔软了,在碪、锤和人的手臂合奏的歌声中,它们有了新的生命,成了梭镖头上的刀刺或者土炮、土枪。

那个脸上手掌上都带着煤污的铁匠在我记忆里是一个和气的人。他在一条大路的旁边开着小铁铺,平常制造着的铁器,是锄头、镰刀、火钳、锁和钥匙。虽然有人说他也给小偷们制造一种特为穿墙挖壁的短刀,但那一定是很稀少的,正如替我们城堡里制造杀人的利器一样。

把刀刺装在长木柄上,类乎古代的长矛的武器,我们称为梭镖。夜里在城墙上巡守的人便执着它,防备匪徒们偷偷搭着轻便的巨竹制成的长梯爬进城来。女墙上都堆满了石头,也是一种临时应用的武器。至于那些放在墙根脚,凿有小而深的圆穴,准备用时装上火药、引线,然后点着投下去的石头则有点儿像炸弹了,虽说我这比拟不啻嘲笑它们的简陋。假若那些原始的武器知道世界上有许多比它们强万倍的同类,一定会十分羞惭的。

后来一种土制的新式兵器来到这城堡里了,我们称为"毛瑟",大概是模仿着那个名叫毛瑟的德国人发明的步枪而制造的,不过十分粗劣。但在那时已是不易多得的了,每家仅有一支。

本来寨上是限制着不住外人的,但有一房的亲戚要来寄居,既是亲戚当然便算例外了。他一家人住在岩尾的那个碉楼里。他有着一支真正的洋枪,我们称它为"九子",因为可以同时装上九颗子弹,那位微微发胖的老先生宝爱着它犹如生命。他在家里时曾被匪徒围攻过,靠着他的奋勇和这个铁的助手竟把匪徒杀退了,随后恐怕再度被围攻,所以到我们寨上来寄居。

日子缓缓地过去,别处的洞或寨里被攻破的消息继续传来。我们不能不有一种经常的警备了。于是每天晚上每家出两个守寨人,分两班守夜,而统领的责任则由六家轮流负担,于是每天晚上,那时节已是寒冷天气吧,城门楼上燃烧着熊熊的火,守寨的大人们和喜欢热闹的孩子们都围火坐着,谈笑或者说故事,对于虚拟中的匪徒的来袭没有一点恐惧,燃烧着的是枝干已被斫伐去、从地下掘出来的盘曲如蛰龙的树根,而那火光也就那样郁结。孩子们总要到吃了夜半的点心、守寨人换班后才回去睡觉。

那火光仿佛是我们那些寂寞岁月中唯一的温暖,唯一的快乐,照亮了那些黑暗的荒凉的夜,使我现在还能从记忆里去烘烤我这寒冷的手。

那时寨上已有着两家私塾,但我都未附入读书。我家里另为我聘请一位老先生,他就是我的启蒙师,由于他的老迈也由于我的幼小,似乎功课并不认真,我常有时间去观光那两个学堂。有一位先生是很厉害的,绰号"打铁",我常听见他统治的那间屋子里的夏楚声,夹着号哭的读书声,或者发现我那些顽皮的隔房叔父、兄弟,手里捧着污旧的书本,跪在那挨近厕所的门外。

这些景象是不愉快的,远不如晚上在城门楼上守夜有趣。而在这样的昼与夜的交替之中,时间已逝去了不少,我们已在寨上住了一年多了。还是没有匪徒来侵犯。一天晚上,在我们寨的下面几百步之外的岩边,在那可以通到县城去的石板路上,有一些可疑的人走着了,但是我们发出警问之前,他们便大声地打着招呼,说他们借路过。很显然他们是匪徒,不过既不侵犯我们,大家主张不加阻碍让他们走过。第二天听说某家被绑架了。

又过去了不少日子。一天上午,那岩边的大路上又有一群可疑的人缓缓地走过来,像赶了市集回来的人们。我们站在城墙上,指点着那些横在他们肩头的东西,想辨别到底是农人们挑米挑柴的扁担还是枪支,突然可怕的枪声响了,他们大声地疯狂地喊叫着,奔到寨脚下来了。尖锐的枪弹声从屋顶飞过,檐瓦跟着坠落下来。那不过二十几个人的虚张声势的喊叫竟似乎撼动了这座石城。守寨人是忙乱地还击着,但城墙很高,又在一座小山上,枪声与喊叫并不是两只翅膀可以抬着他们飞上来的,所以在最初一阵疯狂之后,他们的声势便渐渐低落了。

在这时候发生了一幕插戏。匪徒们似乎感到攻破这个寨子的希望已经消失,于是泄气地喊着他们的目的是来复仇,喊着我们那位寄居的亲戚的名字,喊着交出他去。那位微微发胖的老先生听见后十分愤怒了，背上他的枪，要大家开了城门，让他一个人出去拼命。费了许多拦阻、劝解，他才平息了气。

大人们为着孩子们欢喜大胆地乱跑，于是把我们都关闭在寨后一个爬壁碉楼里，由私塾的先生看管。而我就再也不能用眼睛窥伺这战争的开展了。

枪声是时而衰歇、时而兴奋地响着，到了天黑时才完全停止。但匪徒们仍围在寨脚下，附近的几家农人的草屋便做了营幕，寨上的人们更防守得严密，恐怕晚上的偷袭。

这一整天战争的结果是一个可怜的石匠受了伤。当他走在城墙上时，一粒枪弹从那开在女墙上的炮眼里飞进去，打在他的一只腿上。他受伤后还跛着从城墙上走下来。

第二天匪徒们派本地的无赖到寨门前来议和，以付与若干钱为解围的条件。最奇怪的是竟磋商定了一个数目。寨上的人们不愿再有可怕的战争，只得承认一个数目，但又怕全数付与后他们食言（匪徒们是并不尊重这类条约或者协定的），所以拖延着付与他们一部分，等待着县城里的援救。那时县城里已有了一个团练局，援救被匪徒围困的寨子是他们的责任。

和议成功以后虽说寨上的人仍日夜提心吊胆地防守着，但总听不见刺耳的枪声了。匪徒们常常仰起头和守寨人亲善地交谈着。一天晚上，寨里因偶然的不慎，一支枪走火了，响了一下，匪徒们竟大声地提出质问或者抗议。守寨人的答复是顽皮的孩子放了一个大爆竹。

那偶然的不慎从枪筒里飞出来的子弹又落在另一个石匠的腿上了。我似乎还听见了他那一声哀号。

一直被围困到第五天,我们盼望的救援才到来了,匪徒们并没有怎样抵抗便开始逃走,一路放火烧了几处房子,那红色的火光仿佛欢送着他们的归去。

　　解围后我便随着全家人出走了,奔到外祖母家里去住了一夜。那夜我做了一个可笑的梦,梦见匪徒们打开了门进来,举手枪瞄准,我顺手抓起一个脸盆来遮蔽,枪弹在它底上发出当的一声。我还很清晰地记得这个梦。在围城中我并没有感到恐惧,从围城逃出来后反有点儿忐忑不安了,尤其是当夜里听见了或远或近的狗吠。

　　从此我与这城堡分别了三四年。

　　从此过着流亡的日子,过早地支取了一份人生经验,孤苦,饥寒,忧郁,与人世的白眼。我不想一一说出那些寄居过的地方,那些陋巷,总之那种不适宜生长的环境使我变得怯懦而又执拗、无能而又自负、没有信任也没有感谢地漠视着这个充满了人类的世界了。

　　回到了乡土后我又在外祖母家里寄居了很久。那缺乏人声与温暖的宽大的古宅使那些日子显得十分悠长,悠长。

　　我已十二岁了,大概这时家里的人以为我已年龄不小,应该好好开始读书了吧,于是我又回到那久别的城堡里。在那后面的爬壁碉楼里我过了三年家塾生活。第一年书籍并没有和我产生友谊,不知是它们不愿意亲近我这个野孩子还是我不愿意亲近它们。但第二年我突然征服了这些脾气古怪、难于记认、更难于使用的方块字,能自己读书,并渐渐地能做不短的文章了。大人们都归功于那位懒惰的先生。但这里面的秘密我自己是知道得清楚的。教会我读书的不是那位先生,而是那些绣像绘图的白话旧小说甚至文言的《聊斋志异》。使我作文进步的也不是他的删改、指导，而是那些行间的密圈与文后赞许的批语。

然而我的快乐并不在于做出一篇得密圈和好批语的文章，那不过是功课而已。我最大的享受与娱乐是以做完正课后的光阴去自由地翻阅家中旧书箱里的藏书，从它们我走入了古代，走入了一些想象里的国土。我几乎忘记了我像一根小草寄生在干渴的岩石上，我不满意的仅仅是家里藏书太少。

这时乡下已比较安静了，人们像初春的蛰虫一样陆续从洞或寨搬回宽大的住宅里去了，这城堡里只剩下两家长期居住，我家和那位作石壁上的铭记的叔父家。我家由于大人们过分的谨慎小心，而那叔父家则在分家之后尚未建造住宅。

于是这城堡像一个隔绝人世的荒岛。

我终日听见的是窗外单调的松涛声，望见的是重叠的由近而远到天际的山岭。我无从想象那山外又白云外是一些什么地方，我的梦也是那样模糊，那样狭小。

但在我十五岁我终于像安徒生童话里的那只丑小鸭离开那局促阴暗的乡土飞到外面来了，虽说外面不过是广大的沙漠，我并没有找到一片澄清的绿水可以照见我是一只天鹅。

现在我回到了乡土，我的家早已搬回住宅，那位叔父也建造好了一所新房，那城堡里只留下一个守门人陪伴着它的荒凉了。

一天下午我带着探访古迹的情怀重去登临一次，我竟无力仔细巡视那些满是尘土的屋子，打开那些堆在楼板上的书箱，或者走到那爬壁碉楼里去坐在那黑漆的长书案前，听着窗外的松涛，思索一会儿我那些昔日。

那些寂寞，悠长，有着苍白色的平静的昔日。

我已永远丧失了它们，但那倒似乎是一片静止的水，可以照见我憔悴的颜色。

客居的心情

◎吴伯箫

这里是披露的几页友人的来信。

……你问我在热闹场合和人们交往的时候我常是显得愉快、开脱,为什么在信札文稿里流露在笔底下的却往往那样寂寞忧郁(用你的话形容,说像海上的雾天,或梅雨的江南)? 这要分析说明是徒劳的,像不易答复为什么月光素淡而太阳光却亮得耀眼。若是勉强找理由,像普通医生对一般没有把握的病症,漫指为流行性感冒那样,我说我怕是客居的心情在作祟吧。

平常我总爱把世人分作两种:一种是客居而像主人的(厉害了有"喧宾夺主"),一种是居家也像做客的。两种比较,我喜欢后一种,性格里也仿佛沾染着后一种的色彩。至于先禀赋了这种性格才有了这种好恶呢,还是先习惯于这种好恶才具备了这种性格呢? 那就很不了然了。譬如鸟,除却了羽翎的美丽或歌声的婉妙,我就讨厌金丝笼里豢养的会传话的鹦鹉,而比较喜欢候鸟:如秋来南向飞的大雁,或呢喃着"不借你的盐,不借你的醋,只借你的屋梁住住"的那种燕子。

是真的啊。自从十多岁出外读书,故乡在我就已变成异地。每当假期回家,在父母身边,在邻里伯叔丛里,自己总仿佛是客人似的。家制的风鸡腊肉,像款待宾客一样这时被母亲端上饭桌了。去给二伯母家请安，那两张笨重的老漆椅为我拂去了浮尘，珍贵地藏在衣柜里的石榴、核桃之类的果品毫不吝啬地被塞进手里了。碰见小时的游伴，彼此以疏阔的眼光望着，说话像对了生客应对。那时自己的心里，记挂着的也是家乡以外的事物更多：师友啊，操场啊，校园里养鱼池，荷花和昼夜吐响的磨电机啊，甚至和自己吵过嘴打过架的人都会在脑海里浮起而带了几分甜味。行旅中的独轮小车、起火野店，和挤满了人和行李的火车，不是曾给自己以沉重的困顿吗？但在家里想着时对那些却深深地怀念起来了，想：住几天我就走的。意思是故乡而外我还有更可留恋的家在。

可是到了离开家三百里五百里的学校，反过来我又会被缱绻的怀乡病所苦了。特别是当寂寞地卧在病床上或遭受了什么不如意感到缺乏助力的时候。"我应当家去！"想着，甚至是欢乐的平日，一纸家书也唤得出莫名的眼泪。这时客居的情味是格外浓的：记着父母的训诲，就不敢骂人打人；为显示家庭的教养，对学业就分外勤奋刻苦："我没有败坏门风啊！""家"的观念鼓励了客居的自己，自己客居的成就又私自给了"家"以安慰。

随后四处奔波，插足在崎岖的生活的途上，家乡久别了，老人们先后故去，兄妹行辈，各自独立，随了时代推移，农村景象也变得凋敝萧索，狭义的家的观念就慢慢地像入秋的绿叶一样从心上淡去，而父母那些谨小慎微的吩咐，不再是行为上的紧头箍。在人前我勇敢了，粗犷了。要强，曾不惜拿性命做孤注。但客居的心情在深居独处的时候却愈来愈浓了。（外强中干吗？）是矛盾的，但也是秘奥的事啊。实在因为年龄稍长，经历稍一多，有些地方变成了第二故乡、第三故乡；有些人由陌生变熟识,由熟识变知交朋友,值得怀念的人和事,一重重叠起来,在心上打成结子,前脚落地,后脚即成陈迹,那么还有什么地方不是家,什么地方不是异乡呢?往日曾经结识的人物,曾经莅止的地方,都带着亲热的光辉在记忆的海里浮荡,甚至比较清晰的幻梦里的旖旎风光,爱好的书篇里的绚丽景象,都构成了故乡的、家的部分。于今我的家是太广阔太接近理想了,而现实的我反永远成了客居。

那么这种家,这种广阔无垠、无处不在的家又是怎样的呢?

若然我是住在山上,这种家就往往是靠海的。那里有渔妇渔女,有海草盖顶的矮屋,港口有泊着的游艇,远远向长空划一抹黑烟的有庞然的火轮。白天,太阳暖暖的,晒得海滩上的沙也暖暖的,有赤脚的孩子在捡贝壳,在弄轻轻拍岸的潮水。月夜,粼粼的海波发着一片闪烁的银光。哪里传来动人的歌声,就正好随了海波荡漾,那座岩头上是葛莱齐拉①和她老祖母住的素朴的老屋吧,隐隐约约地你会望得见那葡萄架和无花果树。那边也有歌特②的家吧。她正对了大开的窗子,对了花岗石窗槛上的一列花盆,给漂亮的扬恩草拟一封温柔的信……在荒凉的山谷里散步的时候,在干巴巴的土窑里埋头工作的时候,或在设了伏的道旁握着枪守着自己的岗位的时候,我是愿意在面前展开这样一幅家乡图画的——这幅虽是缥缈,但是富有魔力的图画,会给我以无比的力,无比的

---

① 葛莱齐拉是法国诗人兼小说家拉马丁所著小说《葛莱齐拉》里的女主角。

② 歌特是法国皮埃尔·洛蒂所著小说《冰岛渔夫》里的女主角。她和渔夫扬恩结婚,终成悲剧。

勇气和兴奋。仿佛此刻过了，另一刻就到了那里，克服困难我不费吹灰之力。

若然住的是荒僻乡村，臆想的家就该是繁华都市。那夜里像白天，鸡叫的时候了，还可以约三两个朋友出去吃消夜。汽车嗞的一声在身边停了，不想(轻轻喊一声"你这个家伙！")吓了自己一跳的却原来是老李。问着："好哇！"还紧紧地握手呢。"再会。"一扬手又分别了。自己压柏油马路怪无聊，"去买本书吧"。想着，一抬腿便跨上了一列绿牌电车。回家把昨天刚出版的新书看完，还没耽误再去看前天才拍完的电影的第一场映演。多紧张，多热闹啊！……呜，当然我为了一件自己并不感很大兴趣的琐事徒步蹒跚在尘土飞扬的大路上，碰不到一个可以说话的熟人，除了一群群红嘴鸦在啄那暴露在道旁的死马尸骨，又看不到一件能引人入胜的景物的时候，我的心又回"家"了。出窍的思想享受的最现代的物质文明。窒息的飞尘不能使人沉醉，安步实在也不能当车，但在这灵魂的壮游里，事务繁琐也好，路途遥远也好，我曾感觉不到疲惫。

再不然，在和平的环境里，大家垂着怡然的或倦怠的眼皮过日子的时候，我的家又该是在军营，在战场了。在那里我必须马不下鞍、衣不解带地睡眠，必须随时准备着迎接敌人的袭击，和去袭击敌人。在那里，左右的人们个个都是共生死共患难的朋友，我将像爱自己的兄弟一样去爱他们。淳朴的群众是和睦为邻居，对他们我爱多于憎，欢迎多于疏远，哪怕他们是怎样自私的、愚昧的、小气的。甚至对敌人，只要他们放下武器，我们是可以互相握手的。因此，在我现在认为做客的时候，还有什么我不应当多谴责些自己，去宽慰别人；自己多受些苦，让别人去享那并不算多的舒服；自己多委屈些，教别人去为针尖大的劳碌而争功而夸耀，而得意忘形呢？我要注意的，是锤炼自己，使自己更坚强；是武装自己，使自己加勇敢；加热，加力，使自己将来回"家"，那就是说回到那更复杂的环境，更残酷的斗争里，能永远浮出水面，不致被狂涛骇浪所淹没。

一切反转来，我臆想中的家就又完全是另一种了：烦嚣时我的家将是沉静的，因此在千万数的人海里，我感到渺小孤独；寂寥时我的家又是豪华的，因此尽管孑然独步，我可以雄心万丈。（曾有人说：一个皇帝夜夜做梦当乞丐，一个乞丐又夜夜做梦做皇帝。你说谁比较更快乐些呢？）——就这样，永远以陌生的异乡人的心情，我迎接每一个新的日子，我处理每一件新的工作。时时有一脉隐然的惆怅，或竟是痛楚，压在心头；时时又以一种飞来的兴奋或欢快，胜过了那惆怅，掩过了那痛楚。"看着永别的你的美丽却于我可亲。"（普希金：《秋天》）自己说：好好地活哟！做客是不容易哩。不要卑污，不要龌龊，心地要像雨洗的秋空一样洁白，情感要像霜染的枫林一样炽热。对事对人，要热要真。高热是熔化得任何坚硬的东西的，真诚是感动得任何懦怯愚顽的。认清是非，辨别黑白，从一万条岔路里寻出那唯一的一条大道通向真理。我矜持，我拘谨，我战战兢兢地怕把一首美妙的歌曲唱错了调子。当用这样的努力，而完成了一出繁难的演奏，而博得到了别人的掌声和喝彩的时候，回到幕后，代替高兴我感到的是无限空虚和惭愧。

"多怪的癖性啊！"你会说吧？

是的，这就正是连我自己也解释不清的性格了。但我是从这里获得了我无价的安慰的。譬如我主持了一个盛大的晚会,或布置了一餐丰盛的筵席,当观众口角含笑迈着轻快的脚步走出会场或宾客们打着饱嗝骑上归马的时候,该是轮到我饭不想吃一口就跑回山角落的土窑里,倒锁上门,熄了灯,去对柿红的木炭火出神了;或急急地躺在木板床上,映了一盏荧然的麻油灯读《中国通史简编》了。一壁默默地寄于远人:朋友啊,爱人啊,报纸上看到一位无名的英雄,或《茵梦湖》①那样的书里一个金莲花的寻觅者啊,"看我做得好吗?""西天还有些儿彩霞"②,我想念着,我无声地吐露着嘘唏。

我把这叫作"客居的心情"。这心情,使我向往崇高,使我保持年轻;在忧郁时给我快乐,在徘徊时给我希望,给我爱,给我一切向上的进步的雄心。"我们所不在的地方就是好的。"现在不好,我们有将来;个别不好,我们有整体……

我永远讨厌那些处处做主人的人,(古帝王说:"率土之滨,莫非王土;普天之下,莫非王臣。"——真是主人架子十足的。)偏偏哪里都碰得见这样的主人。只要手边碰到的,都是他的。钱他用了,房子他住了,衣服他穿了,饭他吃了;却从不问钱是谁出的,房子是谁盖的,裁衣服的布料是谁织的,做饭的米粮是谁种的,摆一副神情,仿佛只有他该享受,别人才该服役吃苦;可是谁封你的啊!——说真了,世上的事事物物,有什么东西我们可以以单个臭皮囊的资格说"这是我的"呢?什么都是大家的啊!甚至自己死了,留下的那一具皮肉尸首也只是草木的滋养,或鸦狗的食料!

大地上虽也有以地球的六分之一,人口的两万万作为一

---

① 《茵梦湖》是德国施陶姆(Storm)所著富有诗意的小说。

② 赵元任谱《教我如何不想她》中的一句。

个大家庭的,但那主人还是那整个两万万人口啊。单个说,谁不是客呢? 恕我抄两句老书吧:"天地者万物之逆旅,光阴者百代之过客。"

酸溜溜的,你看我发得算不算狂吃?

说我有点阿 Q 相,也随你。

（原载 1943 年 3 月 17 日《解放日报》）

住

找房子

◎方令孺

　　"有时候我看见一个鸟巢都羡慕,它可以自由选择枝丫,做一个窝,飞倦了,还有地方安息;我们想找一间房都困难极了!"这是有一天早晨,我和照明站在一条公路旁等车的时候,她叹息着说。她一向都是娴雅温静,对人对事都不爱抱怨,而此刻她脸上显出凄楚的神情,我看她这神情,心里特别难受!

　　"真的,想不到十年漂泊回来,想找一间像以前那样竹笆做的房子都不可能。"我说。

　　十年来不安定的生活,弄得人像一只破船,还找不着港湾可以休息! 我茫然望着远天,回想起那间竹笆做的小屋,在白杨与槐树之间,这时正飘着槐花的清香,在那里可以听到滩声在远处咆哮。

　　车子还没有到,公路沉默着,有力似的躺在地上,等候着人类践踏与侵凌。我们踯躅在路旁,找些东西看看,消散心里的焦急。

　　路旁田里原有一座坚实的防空壕,是敌人在这里的时候造的,现在被拆毁了,砖头运去造一所俱乐部,就在那边,竹篱烧着的一大块空地上,四面栽着松树和白杨。即使是一个防空洞,若是留着,还可以让无家可归的过客夜晚在这里避避风雨;现在那些有用的砖石徒然听着快乐的笑声。我一边想一边走近一个池塘,塘水很清,有人蹲在塘边钓鱼。塘边堆积着从防空壕拆下的泥土。没有一棵树,水里倒映着春天早晨碧蓝的天空。据说近边没有自来水的人家都吃这塘里的水。前天我又从那儿走过,忽然发现那方塘不见了,我不胜惊骇地问人:

"呀!那边那个塘呢?"

"填起了呀,听说要做球场。"

许多"必需与不必需"的问题,萦绕在我的心中。

照明在城里跑了一个多月想找一间房,她不敢设想要一座有树木有草场的屋,像那些快乐的人们那份福气;她只想一间房,正如一个朋友所说,只要有个狗洞,可以爬进去休息一下,也就快乐了。有一天经人介绍,说某处有房子,她就欢喜地摸索着那些生疏的街道,走到一个弄堂里,找到一家印刷社,里面堆满着书页和废纸,再加上一架机器,小小的房间几乎转不过身子来。她走到后面的楼梯口,漆黑的,看不见楼门在哪里,只得壮着胆子向黑暗处叫一声"某某先生",心中怀着不信任的信任,像是把命运交付给空虚。楼上有人答应,说:"请上来。"她迟疑了一下,心想:就凭着从头上落下的一声呼唤,就走上这漆黑一团的楼上去吗?将要碰到什么样的人呢?是妖是鬼,谁能预料呢。不管,她摸索着走上去,在转角的地方,露出一片不太亮的光,一个身材高高的男人,像正在做饭洗菜似的,伸出一只湿淋淋的手,说:请上来。随即唤出房里一个中等身材的女人,叫她领着去看房子。照明心中轻松一下,欣幸不是叫她看这样一个乱杂、黑暗的房子。女人很客气地把她领到街上,转了几个弯,又到一个弄堂口。那里堆满了菜摊、肉摊和腥臭的鱼摊,地上还有一摊一摊的水。她们从人群里挤进去,两排高楼夹着甬道,充满了臭气,一个女人把痰盂里的粪倒在水沟里。再转几个弯,走到一个狭巷尽头的小门前,门口堆的垃圾有坟墓那样高,要是夏天走近这地方,一定有大群苍蝇飞来欢迎。走进门是个肮脏的厨房,一个抱了孩子的女人引她们进去。里面有两间房,光线十分幽暗,墙上石灰都剥落了,屋顶积满了灰尘,像璎珞一样垂下来。这是楼下的两间房,高墙围着,只露出豆腐干似的一块天,她端详着,心想若是住进来,书桌该放在什么地方才可以得到些光线?房主站在她身边窥伺她对房子的意见。她一回头看见那灰黄的脸色,怀里抱着灰黄脸色的孩儿,她猛然怕起来。这个活地狱,不但要攫夺人的健康,还要攫夺人的生命。她谢谢殷勤领道的女人,又走上大街,想到那位朋友说只要有一个狗洞的话,凄然地笑了,狗洞可真不容易钻呢!

　　这之后,她又看了几处房子,有的外表虽然还好,但一所房子总要住几家人家,家家门口都有一个炉子,满楼都是噼啪的柴火声音,烟气弥漫,把门窗墙壁熏得像湖南腊肉一样的颜色。就像这样的房子,每间都在千万元以上。

　　这就是大城市居民的生活。快乐的人能有几个?遍地荆棘中偶开几枝煊赫的鲜花,但这些鲜花不久也要被荆棘淹没了。无怪我把昔日倾听滩声的耳朵,现在是倾听着大城市的呻吟!

山居闲话

◎徐志摩

一、翡冷翠山居闲话

在这里出门散步去，上山或是下山，在一个晴好的五月的向晚，正像是去赴一个美的宴会，比如去一个果子园，那边每株树上都是满挂着诗情最秀逸的果实，假如你单是站着看还不满意时，只要你一伸手就可以采取，可以恣尝鲜味，足够你性灵的迷醉。阳光正好暖和，决不过暖；风息是温驯的，而且往往因为它是从繁花的山林里吹度过来并带来一股幽远的澹香，连着一息滋润的水汽，摩挲着你的颜面，轻绕着你的肩腰，就这单纯的呼吸已是无穷的愉快；空气总是明净的，近谷内不生烟，远山上不起霭，那美秀风景的全部正像画片似的展露在你的眼前，供你闲暇时鉴赏。

做客山中的妙处，尤在你永不须踌躇你的服色与体态；你不妨摇曳着一头的蓬草，不妨纵容你满腮的苔藓；你爱穿什么就穿什么；扮一个牧童，扮一个渔翁，装一个农夫，装一个走江湖的吉卜赛，装一个猎户；你再不必提心去整理你的领结，你尽可以不用领结，给你的颈根与胸膛一半日的自由，你可以拿一条这边艳色的长巾包在你的头上，学一个太平军的头目，或是拜伦那埃及装的姿态;但最要紧的是穿上你最旧的旧鞋,别管他模样不佳,他们是顶可爱的好友,他们承着你的体重,却不叫你记起你还有一双脚在你的底下。

这样的玩顶好是不要约伴,我竟想严格地取缔,只许你独身,因为有了伴多少总得叫你分心,尤其是年轻的女伴,那是最危险最专制不过的旅伴,你应得躲避她像你躲避青草里一条美丽的花蛇!平常我们从自己家里走到朋友家里,或是我们执事的地方,那无非是在同一个大牢里从一间狱室移到另一狱室去,拘束永远跟着我们,自由永远寻不到我们;但在这春夏间美秀的山中或乡间,你要是有机会独身闲逛时,那才是你福星高照的时候,那才是你实际领受,亲口尝味,自由与自在的时候,那才是你肉体与灵魂行动一致的时候;朋友们,我们多长一岁年纪,往往只是加重我们头上的枷,加紧我们脚胫上的链,我们见小孩子在草里在沙堆里在浅水里打滚作乐,或是看见小猫追他自己的尾巴,何尝没有羡慕的时候。但我们的枷,我们的链,永远是制定我们行动的上司!所以只有你单身奔赴大自然的怀抱时,像一个裸体的小孩扑入他母亲的怀抱时,你才知道灵魂的愉快是怎样的,单是活着的快乐是怎样的,单就呼吸单就走道单就张眼看耸耳听的幸福是怎样的。因此你得严格地为己,极端地自私,只许你,体魄与性灵,与自然同在一个脉搏里跳动,同在一个音波里起伏,同在一个神奇的宇宙里自得。我们淳朴的天真是像含羞草似柔娇的,一经同伴的抵触,他就卷了起来,但在澄静的日光下,和风中,他的姿态是自然的,他的生活是无阻碍的。

你一个人漫游的时候,你就会在青草里坐坐、仰卧,甚至有时打滚,因为草的和暖的颜色,自然地唤起你童稚的活泼;

在静僻的道上你就会不自主地狂舞，看着你自己的身影幻出种种诡异的变相，因为道旁树木的阴影在他们于徐的婆娑里暗示你舞蹈的快乐；你也会得信口的歌唱，偶尔记起断片的童调，与你自己随口的小曲，因为树林中的莺燕告诉你春光是应得赞美的；更不必说你的胸襟自然会跟着漫长的山径开拓，你的心地会看着澄蓝的天空静定，你的思想和着山壑间的水声，山罅里的泉响，有时一澄到底的清澈；有时激起成章的波动，流，流，流入凉爽的橄榄林中，流入妩媚的阿诺河去……

并且你不但不需游伴，每逢这样的游行，你也不必带书。书是理想的伴侣，但你应得带书，是在火车上，在你住处的客室里，不是在你独身漫步的时候，什么伟大的深沉的鼓舞的清明的优美的思想的根源不是可以在风籁中，云彩里，山势与地形的起伏里，花草的颜色与香气里寻得？自然是最伟大的一部书，歌德说，在他每一页的字句里，我们读得最深奥的消息。并且这书上的文字是人人懂得的，阿尔卑斯与五老峰，西西里与普陀山，莱茵河与扬子江，梨梦湖与西子湖，建兰和琼花，杭州西湖的芦雪与威尼斯夕照的红潮，百灵与夜莺，更不提一般紫的黄麦，一般黄的紫藤，一般青的青草，同在大地上生长，同在和风中波动——他们应用的符号是永远一致的，他们的意义是永远明显的，只要你自己性灵上不长疮瘢，眼不盲，耳不塞，这无形迹的最高等教育便远是你的名分，这不取费的最珍贵的补剂便永远供你的受用；只要你认识了这一部书，你在这世界上寂寞时便不寂寞，穷困时不穷困，苦恼时有安慰，挫折时有鼓励，软弱时有督责，迷失时有指南针。

住

二、天目山中笔记

佛于大众中　说我当作佛　闻如是法音　疑悔悉已除

初闻佛所说　心中大惊疑　将非魔作佛　恼乱我心耶

　　　　　　　　　　——莲华经譬喻品——

　　山中不定是清静。庙宇在参天的大木中间藏着，早晚间有的是风，松有松声，竹有竹韵，鸣的禽，叫的虫子，阁上的大钟，殿上的木鱼，庙身的左边右边都安着接泉水的粗毛竹管，这就是天然的笙箫，时缓时急地掺和着天空地上种种的鸣籁。静是不静的；但山中的声响，不论是泥土里的蚯蚓叫或是轿夫们深夜里"唱宝"的异调，自有一种各别处：它来得纯粹，来得清亮，来得透彻，冰水似的沁入你的脾肺；正如你在泉水里洗濯过后觉得清白些，这些山籁，虽则一样是音响，也分明有洗净的功能。

　　夜间这些清籁摇着你入梦，清早上你也从这些清籁的怀抱中苏醒。

　　山居是福，山上有楼住更是修得来的。我们的楼窗开处是一片蓊葱的林海；林海外更有云海！日的光，月的光，星的光：全是你的。从这三尺方的窗户你接受自然的变幻：从这三尺方的窗户你散放你情感的变幻。自在，满足。

　　今早梦回时睁眼见满帐的霞光。鸟雀们在赞美，我也加入一份。它们的是清越的歌唱，我的是潜深一度的沉默。

　　钟楼中飞下一声洪钟，空山在音波的磅礴中震荡。这一声钟激起了我的思潮。不，潮字太夸；说思流罢。耶教人说阿门，印度教人说"欧姆""O——m"，与这钟声的嗡嗡，同是从撮口外摄到阖口内包的一个无限的波动：分明是外扩，却又是内潜；一切在它的周缘，却又在它的中心；同时是皮又是核，是轴亦复是廓。这伟大奥妙的"Om"使人感到动，又感到静；从静中见动，又从动中见静，从安住到飞翔，又从飞翔回复安住，从实在境界超入妙空，又从妙空化生实在：

"闻佛柔软音，深远甚微妙。"

多奇异的力量！多奥妙的启示！包容一切冲突性的现象，扩大刹那间的视域，这单纯的音响，于我是一种智灵的洗净。花开，花落，天外的流星与田畔间的飞萤，上绾云天的青松，下临绝海的巉岩，男女的爱，珠宝的光，火山的溶液：一婴儿在它的摇篮中安眠。

这山上的钟声是昼夜不间歇的，平均五分钟一次。打钟的和尚独自在钟头上住着，据说他已经不间歇地打了十一年钟，他的心愿是打到他不能动弹的那天。钟楼上供着菩萨，打钟人在大钟的一边安着他的"座"，他每晚是坐着安神的，一只手挽着钟槌的一头，从长期的习惯，不叫睡眠耽误他的司职。"这和尚，"我自忖，"一定是有道理的！和尚是没道理的多：方才那知客僧想把七窍蒙充六根，怎么算总多了一个鼻孔或是耳孔，那方丈师的谈吐里不少某督军与某省长的点缀，那管半山亭的和尚更是贪嗔的化身，无端摔破了两个无辜的茶碗。但这打钟和尚，他一定不是庸流不能不去看看！"他的年岁在五十开外，出家有二十几年，这钟楼，不错，是他管的，这钟是他打的（说着他就过去撞了一下），他每晚，也不错，是坐着安神的，但此外，可怜我的俗眼竟看不出什么异样。他拂拭着神龛，神坐，拜垫，换上香烛，掇一盂水，洗一把青菜，捻一把米，擦干了手接受香客的布施，又转身去撞一声钟。他脸上看不出修行的清癯，却

山居闲话

没有失眠的倦态，倒是满满的不时有笑容的展露；念什么经，不，就念阿弥陀佛，他竟许是不认识字的。"那一带是什么山，叫什么，和尚？""这里是天目山，"他说。"我知道，我说的是那一带的。"我手点着问。"我不知道。"他回答。

山上另有一个和尚，他住在更上去昭明太子读书台的旧址，盖着几间屋，供着佛像，也归庙管的，叫作茅棚。但这不比得普渡山上的真茅棚，那看了怕人的，坐着或是偎着修行的和尚没一个不是鹄形鸠面，鬼似的东西。他们不开口的多，你爱布施什么就放在他跟前的篓子或是盘子里，他们怎么也不睁眼，不出声，随你给的是金条或是铁条。人说得更奇了。有的半年没有吃过东西，不曾挪过窝，可还是没有死，就这么冥冥地坐着。他们大约离成佛不远了，单看他们的脸色，就比石片泥土不差什么，一样这黑刺刺，死僵僵的。"内中有几个"，香客们说，"已经成了活佛，我们的祖母早三十年来就看见他们这样坐着的！"

但天目山的茅棚以及茅棚里的和尚，却没有那样的浪漫出奇。茅棚是尽够蔽风雨的屋子，修道的也是活鲜鲜的人，虽则也并不因此减却他给我们的趣味。他是一个高身材、黑面目、行动迟缓的中年人；他出家将近十年，三年前坐过禅关，现在这山上茅棚里来修行。他在俗家时是个商人，家中有父母兄弟姐妹，也许还有自身的妻子；他不曾明说他中年出家的缘由，他只说"俗业太重了，还是出家从佛的好"，但从他沉着的语音与持重的神态中可以觉出他不仅是曾经在人事上受过折磨，并且是在思想上能分清黑白的人。他的口，他的眼，都泄漏着他内里强自抑制、魔与佛交斗的痕迹；说他是放过火杀过人的忏悔者，可信；说他是个回头的浪子，也可信。他不比那钟楼上人的不着颜色,不露曲折:他分明是色的世界里逃来的一个囚犯。三年的禅关,三年的草棚,还不曾压倒,不曾灭净,他肉身的烈火。"俗业太重了,不如出家从佛的好";这话里岂不战栗着一往忏悔的深心? 我觉着好奇;我怎么能得知他深夜跌坐时意念的究竟?

> 佛于大众中　说我当作佛　闻如是法音　疑悔悉已除
> 初闻佛所说　心中大惊疑　将非魔所说　恼乱我心耶

但这也许看得太深奥了。我们承受西洋人生观洗礼的,容易把做人看得太积极,入世的要求太猛烈,太不肯退让,把住这热乎乎的一个身子一个心放进生活的轧床去,不叫他留存半点汁水回去;非到山穷水尽的时候,决不肯认输,退后,收下旗帜;并且即使承认了绝望的表示,他往往直接向生存本体的取决,不来半不阑珊地收回了步子向后退:宁可自杀,甘脆的生命的断绝,不来出家,那是生命的否认。不错,西洋人也有出家做和尚做尼姑的,例如亚佩腊与爱洛绮丝,但在他们是情感方面的转变,原来对人的爱移作对上帝的爱,这感知的自体与它的活动依旧不含糊地存在着;在东方人,这出家是求情感的消灭,皈依佛法或道法,目的在自我一切痕迹的解脱。再说,这出家或出世的观念的老家,是印度不是中国,是跟着佛教来的;印度可以会发生这类思想,学者们自有种种哲理上乃至物理上的解释,也尽有趣味的。中国何以能容留这类思想,并且在实际上出家做尼僧的今天不比以前少(我新近一个朋友差一点做了小和尚)! 这问题正值得研究,因为这分明不仅仅是个知识乃至意识的浅深问题,也许这情形尽有极有趣味的解释的可能,我见闻浅,不知道我们的学者怎样论法,我愿意领教。

住

一片阳光

◎林徽因

　　放了假,春初的日子松弛下来。将午未午时候的阳光,澄黄的一片,由窗棂横浸到室内,晶莹地四处射。我有点发怔,习惯地在沉寂中惊讶我的周围。我望着太阳那湛明的体质,像要辨别它那交织绚烂的色泽,追逐它那不着痕迹的流动。看它洁净地映到书桌上时,我感到桌面上平铺着一种恬静,一种精神上的豪兴,情趣上的闲逸,即或所谓"窗明几净",那里默守着神秘的期待,漾开诗的气氛。那种静,在静里似可听到那一处玲琮的泉流,和着仿佛是断续的琴声,低诉着一个幽独者自娱的音调。看到这同一片阳光射到地上时,我感到地面上花影浮动,暗香吹拂左右,人随着晌午的光霭花气在变幻,那种动,柔谐婉转有如无声音乐,令人悠然轻快,不自觉地脱落伤愁。至多,在舒扬理智的客观里使我偶一回头,看看过去幼年记忆步履所留的残迹,有点儿惋惜时间;微微怪时间不能保存情绪,保存那一切情绪所曾流连的境界。

　　倚在软椅上不但奢侈,也许更是一种过失,有闲的过失。但东坡的辩护"懒者常似静,静岂懒者徒",不是没有道理。如果此刻不倚榻上而"静",则方才情绪所兜的小小圈子便无条件地失落了去!人家就不可惜它,自己却实在不能不感到这种亲密的损失的可哀。

就说它是情绪上的小小旅行吧,不走并无不可,不过走走未始不是更好。归根说,我们活在这世上到底最珍惜一些什么?果真珍惜万物之灵的人的活动所产生的种种,所谓人类文化?这人类文化到底又靠一些什么?我们怀疑或许就是人身上那一撮精神同机体的感觉,生理心理所共起的情感,所激发出的一串行为,所聚敛的一点智慧——那么一点点人之所以为人的表现。宇宙万物客观的本无所可珍惜,反映在人性上的山川草木禽兽才开始有了秀丽,有了气质,有了灵犀。反映在人性上的人自己更不用说。没有人的感觉、人的情感,即便有自然,也就没有自然的美,质或神方面更无所谓人的智慧,人的创造,人的一切生活艺术的表现!这样说来,谁该鄙弃自己感觉上的小小旅行?为壮壮自己胆子,我们更该相信惟其人类有这类情绪的驰骋,实际的世间才赓续着产生我们精神所寄托的文物精粹。

此刻我竟可以微微一咳嗽,乃至于用播音的圆润口调说:我们既然无疑地珍惜文化,即尊重盘古到今种种的艺术——无论是抽象的思想的艺术,或是具体的驾驭天然材料另创的非天然形象,则对于艺术所由来的渊源,那点点人的感觉,人的情感智慧(通称人的情绪),又当如何地珍惜才算合理?

但是情绪的驰骋,显然不是诗或画或任何其他艺术建造的完成。这驰骋此刻虽占了自己生活的若干时间,却并不在空间里占任何一个小小位置!这个情形自己需完全明了。此刻它仅是一种无踪迹的流动,并无栖身的形体,它或含有各种或可捉摸的质素,但是好奇地探讨这个质素而具体要表现它的差事,无论其有无意义,除却本人外,别人是无能为力的。我此刻为着一片清婉可喜的阳光,分明自己在对内心交流变

一片阳光

化的各种联想发生一种兴趣的注意,换句话说,这好奇与兴趣的注意已是我此刻生活的活动。一种力量又迫着我来把握住这个活动,而设法表现它,这不易抑制的冲动,或即所谓艺术冲动也未可知! 只记得冷静的杜工部散散步,看看花,也不免会有"江上被花恼不彻,无处告诉只癫狂"的情绪上的一片紊乱! 玲珑煦暖的阳光照人面前,那美的感人力量就不减于花,不容我生硬地自己把情绪划分为有闲与实际的两种,而权其轻重,然后再决定取舍的。我也只有情绪上的一片紊乱。

情绪的旅行本偶然的事,今天一开头并为着这片春初晌午的阳光,现存也还是为着它。房间内有两种豪侈的光常叫我的心绪紧张如同花开,趁着感觉的微风,深浅零乱于冷智的枝叶中间。一种是烛光,高高的台座,长垂的烛泪,熊熊红焰当帘幕四下时各处光影掩映。那种闪烁明艳,雅有古意,明明是画中景象,却含有更多诗的成分。另一种便是这初春晌午的阳光,到时候有意无意地大片子洒落满室,那些窗棂栏板几案笔砚浴在光霭中,一时全成了静物图案;再有红蕊细枝点缀几处,室内更是轻香浮溢,叫人俯仰全触到一种灵性。

这种说法怕有点会发生误会,我并不说这片阳光射入室内,需要笔砚花香那些儒雅的托衬才能动人,我的意思倒是:室内顶寻常的一些供设,只要一片阳光这样又幽娴又洒脱地落在上面,一切都会带上另一种动人的气息。

这里要说到我最初认识的一片阳光。那年我六岁,记得是刚刚出了水珠以后——水珠即寻常水痘,不过我家乡的话叫它作水珠。当时我很喜欢那美丽的名字,忘却它是一种病,因而也觉到一种神秘的骄傲。只要人过我窗口问问出"水珠"么? 我就感到一种荣耀。那个感觉至今还印在脑子里。也为这个缘故，我还记得病中奢侈的愉悦心境。虽然同其他多次的害病一样，那次我仍然是孤独地被囚禁在一间房屋里休养的。那是我们老宅子里最后的一进房子；白粉墙围着小小院子，北面一排三间，当中夹着一个开敞的厅堂。我病在东头娘的卧室里。西头是婶婶的住房。娘同婶永远要在祖母的前院里行使她们女人们的职务的，于是我常是这三间房屋唯一留守的主人。

在那三间屋子里病着，那经验是难堪的。时间过得特别慢，尤其是在日中毫无睡意的时候。起初，我仅集注我的听觉在各种似脚步又不似脚步的上面。猜想着，等候着，希望着人来。间或听听隔墙各种琐碎的声音，由墙基底下传达出来又消敛了去。过一会，我就不耐烦了——不记得是怎样的，我就趿着鞋，挨着木床走到房门边。房门向着厅堂斜斜地开着一扇，我便扶着门框好奇地向外探望。

那时大概刚是午后两点钟光景，一张刚开过饭的八仙桌，异常寂寞地立在当中。桌下一片由厅口处射进来的阳光，泻泻融融地倒在那里。一个绝对悄寂的周围伴着这一片无声的金色的晶莹，不知为什么，忽使我六岁孩子的心里起了一次极不平常的振荡。

那里并没有几案花香，美术的布置，只是一张极寻常的八仙桌。如果我的记忆没有错，那上面在不多时间以前，是刚陈列过咸鱼、酱菜一类极寻常俭朴的午餐的。小孩子的心却呆了。或许两只眼睛倒张大一点，四处地望，似乎在寻觅一个问题的答案。为什么那片阳光美得那样动人？我记得我爬到房内窗前的桌子上坐着，有意无意地望望窗外，院里粉墙疏影同室内那片金色和煦决然不同趣味。顺便我翻开手边娘梳妆用的旧式镜箱,又上下摇动那小排状抽屉,同那刻成花篮形的小铜坠子,不时听雀跃过枝清脆的鸟语。心里却仍为那片阳光隐着一片模糊的疑问。

时间经过二十多年,直到今天,又是这样一泻阳光,一片不可捉摸,不可思议流动的而又恬静的瑰宝,我才明白我那问题是永远没有答案的。事实上仅是如此:一张孤独的桌,一角寂寞的厅堂。一只灵巧的镜箱,或窗外断续的鸟语,和水珠——那美丽小孩子的病名——便凑巧永远同初春静沉的阳光整整复斜斜地成了我回忆中极自然的联想。

绕室旅行记

◎施蛰存

　　我一出了学校门，就想旅行。动机是非常迂腐，原来一心要学"太史公"的文章。当时未曾读过全部《史记》，只读《项羽本纪》、《刺客列传》、《滑稽列传》等三五篇。但林琴南的翻译小说却看了不少。一本《大食故宫余载》，尤其是我平生最爱的书之一。据说林琴南的文章是"龙门"笔法，而"龙门"笔法是得力于游名山大川的。所以我渴望旅行，虽然我对于山水之趣并不十分浓厚。

　　可是到现在为止，我的足迹还是北不过长江，南不过浙江。旅行的趣味，始终不曾领略过。这理由一则为了没有钱，二则为了没有闲，而没有闲也就是为了没有钱。所以三年前就说要逛一趟北平，到今天也还未曾治装成行，给朋友们大大的笑话，说是蚂蚁也该早爬到了。

　　今天气候很坏，天上阴霾，地上潮湿。看看报纸，北平附近似乎也不安逸，别说旅行去，便是想也不敢想它一想。桌上有几张现成的笺纸，突然兴发，不知打从什么地方来了一股勇气，抓起一支秃了尖的邵芝岩小提笔，挥洒了一联吴梅村的诗句，叫作"独处意非关水石，逢人口不识杯铛"。摊在地上一看，毕竟没有功夫，不成体统。再写一联，叫作"瀹茗夸阳羡，论诗到建安"。这回字大了，魄力益发不够。写字一道，看来与我终竟无缘,只得抛进字篓去。唯有这两联诗句,着实看得中,将来免不得要请别人写了。

收拾好墨池水滴,揩干净书桌,恰好校役送来一本《宇宙风》,总算有了消闲具。看到秋荔亭墨要之一,觉得俞平伯先生的文章游戏愈来愈妙,可惜我又不解其道,莫敢赞一词。近来棋风似乎很盛,朋友们差不多都能来一手。我却不知如何,怎么也学不好。仿佛是林和靖说过:"我样样都会,只有下棋和担粪不会。"这句话倒颇可为我解嘲。只是"样样都会"一项,还是不够资格。而且以下棋与担粪并举,也不免唐突了国手。罪过罪过。

翻完一本《宇宙风》,袖手默坐。眼前书册纵横,不免闲愁潮涌。"书似青山常乱叠。"则书亦是山。"不知却有几多愁,恰似一江春水向东流。"则愁亦是水。我其在山水之间乎。"欲问行人去那边,眉眼盈盈处。"不免打叠闲愁,且向书城中旅行一番。于是乎燃白金龙一支而起。

一站起来,就看见架上那个意大利白石雕像。我幼时有三件恩物,是父亲买给我的。第一是一个宜兴砂制牧童骑牛水池,牧童背上的笠子便是水池的盖。原是很普通的东西,但是我很欢喜它。有一天,因为盛水,一不经心,把那个笠子碰碎了一角。惋惜之下,竟哭起来。第二是一架照相机,当时手提摄影机初来中国,一架"柯达"一百二十号快镜需售二十元,连一切冲洗附件,共需三十元。父亲也不忍拂逆我,给如数买来了。摄景,冲晒,忙了两三个月,成绩毫无,兴致也就淡了。在水池之后,照相机之前,我唯一的珍宝便是这个意大利石像。当时随父亲到上海游玩。在爱多亚路一间空屋里看见正在举行意大利石雕展览会,就进去看了一看。不看犹可,一看竟看呆了。我生平未尝见如此可爱的美术品。那时的石雕都是天然的云石(marble)，不是如现在市上所有的人造大理石或矾石。所以纯白之中有晶莹，雕刻的人体像没一个不是神采相授的。父亲屡次催促我走，因为他要去干正事。但我却迟疑着，也可说呆立着在那里。我口虽不言，但欲得之心，却已给父亲看出了。他说："你欢喜就买一个回去罢。"我大喜过望，就挑选了横卧的裸女像。哪知一问价钱却要一百元以上。父亲连连摇头，我也觉得我不能买这样昂贵的东西。于是只得寻求价钱最便宜的。除了一些小器皿之外，雕像中间标价最便宜的就是这个半身人像，二十五元。当下那管理人翻出一本簿子来，查对号数，说这雕像是一位意大利诗人，名字叫作亚里奥斯妥。我当时方读西洋史，以为一定是这个中国人读错了洋文，这是亚列斯妥德的半身像。但不管他是亚列斯妥德或是亚里奥斯妥，反正都是诗人总不会错。诗人亦我所欲也。当下就请父亲买了下来。重顿顿地捧着走路，捧着上火车，在火车里捧着，直捧到家中。

现在那水池早已不知去向了。那照相机也早给一位同学借到广州去革命，连性命带照相机都断送了。唯有这位意大利诗人还在我书斋中。可惜前年给我的孩子的傻乳娘，用墨笔给他点了睛，深入石理，虽然设法刮掉，终不免有点双目炯炯似的，觉得不伦不类了。

在诗人半身像底下的，是一架旧杂志。我常常怕买杂志。要是不能积成全卷或全年的话，零本的旧杂志最是没办法安置的东西。但是如果要"炒冷饭"，旧杂志却比旧书的趣味更大。我的这些旧杂志，正如时下的还在不尽地印出来的新杂志一样，十之九是画报与文艺刊物。画报中间，最可珍贵的是那在巴黎印的《世界》和审美图书馆的《真相画报》。近来中国的画报,似乎专在女人身上找材料,始而名妓,名妓之后是名媛,名女学生,或说高材生,再后一些便变了名舞女,以后是明星,以后是半裸体的女运动家和模特儿,最近似乎连女播音员也走上了红运。然而要找一种像英国的《伦敦画报》、法国的《所见周报》和《画刊》这等刊物,实在也很少。就是以最有成绩的《良友》和《时代》这两种画报来看,我个人仍觉得每期中有新闻性的资料还嫌太少一些,至于彩色版之多,编制的整齐,印刷之精,这诸点,现在的画报似乎还赶不上三十年前的《世界》。"东方文明开辟五千年以来第一种体式宏壮图绘富艳之印刷物。西方文明灌输数十年以来第一种理趣完备组织精当之介绍品。"这个标语,即使到现在,似乎还应该让《世界》画报居之无愧。至于《真相画报》,我不知道它一共出了几期。在我所有的几期中,印着许多有关辛亥革命的照片,我觉得是很可珍贵的。但我对于它最大的感谢却是因为我从这份画报中第一次欣赏了曼殊大师的诗画。

在文艺刊物方面,我很欢喜文明书局出版的三本《春声》,我说欢喜,并不对于它的内容而言——虽然我曾经有一时的确很欢喜过它的内容,而是说到它的篇幅。每期都是四五百页的一厚本,也是以后的出版界中不曾有过的事。

在这一大批尘封的旧杂志中,我发现了一个纸包。我已经记不起这里边是什么东西了。我试猜想着:也许是一些撕下来预备汇订的杂志文章,也许是整理好的全年的报纸副刊,如《学灯》、《觉悟》、《晨报副刊》之类。打开来一看,却全没有猜中。这是一份纸版。这才想起来,这是一种始终未曾诞生的文艺月刊的创刊号底纸型。

大概是十七年的夏天,戴望舒、杜衡和新从北平南归的冯画室都住在我家里。在种种文学的活动之中,我们向上海光华书局接洽好了给他们编一个三十二开型的新兴文艺小月刊。名字呢,我们费了两天的斟酌,才决定叫作《文学工场》。当时觉得很时髦,很有革命味儿。我们编好了第一期稿子,就送到上海光华书局去。谁送去的,现在可记不起了。过了二十天,到了应该在报纸上看见出版广告的日子。一翻报纸,却遍寻不见我们渴盼着的广告。这天,代替了杂志创刊广告的,是光华书局寄来的一封快信,信中很简单地说他们不能给我们刊行这个杂志了,因为内容有妨碍。于是,我很记得,望舒和画室专程到上海去了。次日,他们回来了。带回来了我们的新兴文学小月刊第一期全部纸型。是的,我还记得画室的那副愤慨的神情:"混蛋,统统排好了,老板才看内容。说是太'左倾'了,不敢印行,把全副纸版送给我们!"

　　这就是现在我从旧杂志堆里拣出来的一包纸型。真的,我已经早忘却了这回事了。这始终未曾印行出来的《文学工场》创刊号底内容一共包含着五篇文章:第一篇是杜衡的译文《无产阶级艺术底批评》,署名用"苏汶",这大概是最早见于刊物的"苏汶"了。第二篇是画室的《革命与知识阶级》,这篇文章后来曾登载在《无轨列车》上。第三篇是我的一篇拟苏联式革命小说《追》,署名"安华",这是我的许多笔名之一。我说这篇是"拟苏联式革命小说",这并不是现今的说法,即使在当时,我也不能不自己承认是一种无创造性的摹拟:描写方法是摹拟,结构是摹拟,连意识也是摹拟。这篇小说后来也曾在《无轨列车》上发表,并且由水沫书店印行了单行本,终于遭受了禁止发行的命运,这倒是我自己从来也没有敢希望它的。

第四篇是江近思的诗《断指》。江近思就是望舒,这首诗后来曾编入《我底记忆》,但似乎删改得多了。第五篇又是画室译的日本藏原唯人的《莫斯科的五月祭》。大概书店老板之所以不敢印行这本杂志,最大的原因恐怕是为了这篇文章,因为这篇文章中间,真有许多怕人的标语口号也。

在这份纸型的最后一页上,我还看到一个"本刊第二期要目预告"。这一期内容似乎多了,一共有七个题目。

黑寡妇街(小说)	苏　汶
在文艺领域内的党的政策	画　室　译
文学底现阶段	周星予
放火的人们(诗)	江近思
寓言	安　华
最近的戈理基	升曙梦
戈理基是和我们一道的吗?	绥拉菲莫维支

这七篇文章,除了那首诗从此没有下落之外,其余的后来都曾在别的刊物上发表了。现在看看,觉得最有趣的倒是那末一篇,恰恰说明了一九二七、二八年间的左翼文学刊物了。当我把这一包纸型重又郑重地包拢的时候,心中忽然触念到想把它印几十本出来送送朋友,以纪念这个流产了的文学月刊。

我觉得应该换一个地方逛逛了。于是我离开了这个安置旧杂志的书架,不消三步,就到窗槛边的壁隅了。那里有一只半桌,桌子上安置着一只账箱,是父亲的东西。我拽开账箱门来一看,里面并没有什么账簿算盘之类,不知几时藏在那里的,一个盛贮印章的福建漆盒安逸地高隐着。我不懂得印石的好歹，但是我很喜欢玩印章。这趣味是开始于我在十五六岁时从父亲的旧书箱中找到一本《静乐居印娱》的时候，而在一二月以后从神州国光社函购的一本《簠斋藏古玉印谱》使我坚定了玩赏印章的癖性。这建漆匣子的二三十枚印石，也是祖传的几件文房具之一，差不多都是"闲图章"，如"花影在书帷"、"我思古人"、"正在有意无意之间"。词句倒都还有趣，只是石质并不很好，而且刻手也不是什么名家，除了我把它们当作"家珍"以外，讲赏鉴的博雅君子是不会中意的。说到印章，我还有一个故事，可资谈助。那是在之江大学读书的时候，每星期日总到"旗下"去玩。走过明德斋那家刻字店，总高兴去看看他们玻璃橱里的印章。有一天，我居然花了八毛钱买了一块椭圆形的印石。不知怎么一想，想到有个杭州人曾经刻过一块图章，文曰"苏小是乡亲"，便摹仿起来，叫刻字店里的伙计给我刻了"家姐是吴宫美人"七个阳文篆字。这是想拉"西施"做一家人了。放了年假，把这颗图章带到家里，给父亲看见了，他就大大地讪笑了我一场，羞得我赶紧来磨掉。现在连这块印石也不知哪里去了。

隔着一行蛎壳长窗，紧对着这账箱，高高地在一只竹架上的，是一个七八年不曾打开过的地球仪箱子，于是在这里边，我又发现了一本民国十一年四月中华书局同仁进德会出版的《进德》杂志。我翻开来一看，原来它已不是《进德》杂志，而是我的贴报簿了。这上面所剪贴的大概是十一二年间的《申报》、《新闻报》、《时报》上的长篇新闻纪事和文艺作品。当时固然为了它们有趣味，所以剪下来保留起来，而现在看看，却是格外有趣味了。在《进德》杂志中的《说平民和平民主义》那篇文章的第二页上，粘着几篇溥仪夫人作品。此外凡所粘贴的东西,都是绝妙好辞,不能一一抄录,只得仿八景之例,记下了八个名目:第一黎黄坡个电原文。第二,清宫烬余物品目录。第三,巴黎通信,春城葬花记。这是名女优莎拉·蓓尔娜夫人之死的记事,附有夫人遗容与绝笔铜图一帧。第四,李昭实的捷克通信,百衲治化谈。第五,黎明晖小姐的说糖。第六,刘三致黄任之书论四时花序。第七,辜鸿铭论小脚美。第八,美国之麻将潮。这八景实在可以代表了民国十一二年间上海各大报的精华。尤其是《申报》上的李昭实和王一之的欧洲通信,真是很美丽的文字,可惜以后竟无人继起了。

我把这地球仪的箱子重又搁上了书箱顶之后,才想起我的白金龙不知剩下在哪一家别墅的茶几上或哪一座凉亭的石栏上了。走回头路一寻,原来在玩弄印石的时候搁在那账箱旁边了。大半支烟全都烧完,兀自的有余烬在那里熏蒸着。这时,太太泡好了一盏新买来的红茶送进来,酽酽的怪有温暖之感。抽烟品茗的欲望打消了我旅行的趣味,何况两足虽未起趼,而两手实已沾满了尘埃乎?好!我回去罢,正如小说中所说"话休烦絮,瞬息便到了家门"。于是,我又坐下藤椅中了。

桃园杂记

◎李广田

　　我的故乡在黄河与清河两流之间。县名齐东，济南府属。土质为白沙壤，宜五谷与棉及落花生等。无山，多树，凡道旁田畔间均广植榆柳。县西境方圆数十里一带，则盛产桃。间有杏，不过于桃树行里添插些空隙而已。世之人只知有"肥桃"而不知尚有"齐东桃"，这应当说是见闻不广的过失，不然，就是先入为主为名声所蔽了。我这样说话，并非卖瓜者不说瓜苦，一味替家乡土产鼓吹，意在使自家人多卖些铜钱过日子，实在是因为年头不好，连家乡的桃树也遭了末运，现在是一年年地逐渐稀少了下去，恰如我多年不回家乡，回去时向人打听幼年时候的伙伴，得到的回答却是某人夭亡某人走失之类，平素纵不关心，到此也难免有些黯然了。

　　故乡的桃李，是有着很好的景色的。计算时间，从三月花开时起，至八月拔园时止，差不多占去了半年日子。所谓拔园，就是把最后的桃子也都摘掉，最多也只剩着一种既不美观也少甘美的秋桃，这时候园里的篱笆也已除去，表示已不必再昼夜看守了。最好的时候大概还是春天吧，遍野红花，又恰好有绿柳相衬，早晚烟霞中，罩一片锦绣画图，一些用低矮土屋所组成的小村庄，这时候是恰如其分地显得好看了。到得夏天，有的桃实已届成熟，走在桃园路边，也许于茂密的秀长桃叶间，看见有刚刚点了一滴红唇的桃子，桃的香气，是无论走在什么地方都可以闻到的，尤其当早夜，或雨后。说起雨后，这使我想起布谷，这时候种谷的日子已过，是锄谷的时候了，布谷改声，鸣如"荒谷早锄"，我的故乡人却呼作"光光多锄"。这种鸟以午夜至清晨之间叫得最勤，再就是雨霁天晴的时候了。叫的时候又仿佛另有一个作吱吱鸣声的在远方呼应，说这是雌雄合唱，也许是真实的事情。这种鸟也好像并无一定的宿处，只常见它们往来于桃树柳树间，忽地飞起，又且飞且鸣罢了。我永不能忘记的，是这时候的雨后天气，天空也许还是半阴半晴，有片片灰云在头上移动，禾田上冒着轻轻水气，桃树柳树上还带着如烟的湿雾，停了工作的农人又继续着，看守桃园的也不再躲在园屋里。这时候的每个桃园都已建起了一座临时的小屋，有的用土作为墙壁而以树枝之类作为顶篷，有的则只用芦席作成。守园人则多半是老人或年轻姑娘，他们看桃园，同时又做着种种事情，如绩麻或纺线之类。落雨的时候则躲在那座小屋内，雨晴之后则出来各处走走，到别家园里找人闲话。孩子们呢，这时候都穿了最简单的衣服在泥道上跑来跑去，唱着歌子，和"光光多锄"互相应答，被问的自然是鸟，问答的言语是这样的：

光光多锄，
你在哪里？
我在山后。
你吃什么？
白菜炒肉。
给我点吃？
不够不够。

在大城市里，是不常听到这种鸟声的，但偶一听到，我就立刻被带到了故乡的桃园去，而且这极简单却又最能表现出孩子的快乐的歌唱，也同时很清脆地响在我的耳里。我不听到这种唱答已经有七八年之久了。

今次偶然回到家乡，是多少年来唯一的能看到桃花的一次。然而使我惊讶的，却是桃花已不再那么多了，有许多桃园都已变成了平坦的农田，这原因我不大明白。问乡里人，则只说这里的土地都已衰老，不能再生新的桃树了。当自己年幼的时候，记得桃的种类是颇多的，有各种奇奇怪怪的名目，现在仅存的也不过三五种罢了。有些种类是我从未见过的，有些名目也已经被我忘却，大体说来，则应当分做秋桃与接桃两种，秋桃之中没有多大异同，接桃则又可分出许多不同的名色。

秋桃是由桃核直接生长起来的桃树，开花最早，而果实成熟则最晚，有的等到秋末天凉时才能上市。这时候其他桃子都已净树，人们都在惋惜着今年不会再有好的桃子可吃了，于是这种小而多毛，且颇有点酸苦味道的秋桃也成了稀罕东西。接桃则是由生长过两三年的秋桃所接成的。有的是"根接"，把秋桃树干齐地锯掉，以接桃树的嫩枝插在被锯的树根上，再用土培覆起来，生出的幼芽就是接桃了。又有所谓"筐接"，方法和"根接"相同，不过保留了树干，而只锯掉树头罢了，因须用一个盛土的筱筐以保护插了新枝的树干顶端，故曰"筐接"。这种方法是不大容易成功的，假如成功，则可以较速地得到新的果实。另有一种叫作"枝接"，是颇有趣的一种接法：把秋桃枝梢的外皮剥除，再以接桃枝端上拧下来的哨子套在被剥的枝上，用树皮之类把接合处严密捆缚就行了，但必须保留桃枝上的原有的芽码,不然,是不会有新的幼芽出生的。因此,一棵秋桃上可以接出许多种接桃,当桃子成熟时,就有各色各样的桃实了。也有人把柳树接作桃树的,据说所生桃实大可如人首,但吃起来则毫无滋味,说者谓如嚼木梨。

按成熟的先后为序,据我所知道的,接桃中有下列几种:

"落丝",当新的蚕丝上市时,落丝桃也就上市了。形椭圆,嘴尖长,味甘微酸。因为在同辈中是最先来到的一种,又因为产量较少之故,价值较高也是当然的了。

"麦匹子",这是和小麦同时成熟的一种。形圆,色紫,味甚酸,非至全个果实已经熟透而内外皆呈紫色时,酸味是依然如故的。

"大易生",此为接桃中最易生长而味最甘美的一种,能够和"肥桃"媲美的也就是这一种了。熟时实大而白,只染一个红嘴和一条红线。未熟时甘脆如梨,而清爽适口则为梨所不及,熟透则皮薄多浆,味微如蜜。皮薄是其优点,也是劣点,不能耐久,不能致远,我想也就是因为这个了。

"红易生",一名"一串绫",实小,熟时遍体作绛色,产量甚丰,绿枝累累如贯珠。名"一串绫",乃言如一串红绫绕枝,肉少而味薄,为接桃中之下品。

"大芙蓉",形浑圆,色全白,故一名"大白桃",夏末成熟,味甘而淡。又有"小芙蓉",与此为同种,果实较小,亦曰"小白桃"。

"胭脂雪",此为接桃中最美观的一种,红如胭脂,白如雪,红白相匀,说者谓如美人颜,味不如"大易生",而皮厚经久。此为桃类中价值最高者。

"铁巴子",叶细小,故亦称"小叶子"。"铁巴子"谓其不易摇落,即生摘亦须稍费力气。实小,味甘,现已绝种。另有"齐嘴红一种",以状得名,不多见。

有一种所谓"磨枝"的,并非桃的另一种类,乃是紧靠着桃枝结果,因之被桃枝磨上了疤痕的桃子,奇怪处是这种桃子特别甘美,为担挑桃的桃贩所不取,但我们园里人则特意在枝叶间探寻"磨枝"来自己享用。为什么这种桃子会特别甘美呢,到现在也还不能明白。另有所谓"桃王"的,我想这大概只是一种传说罢了。据云"桃王"是一种特大的桃子,生在最繁密的枝叶间,长青不老,为一园之王。当然,一个桃园里也就只能有这么一个了。有"桃王"的桃园是幸福的,因为园里的桃子会格外丰美,甚至可以取之不竭。但假如有人把这"桃王"给摘掉了,则全园的桃子也将殒灭净尽。这是奇迹,幼年时候每每费尽了工夫去发现"桃王",但从未发现过一次,也不曾听说谁家桃园里发现过。

桃是我们家乡的重要土产,有些人家是借了桃园来辅助一家生活之所需的。这宗土产的推销有两种方法;一是靠了外乡小贩的运贩,他们每到桃季便肩了挑子在各处桃园里来往;另一种方法,就是靠着流过这地方的那两条河水了。当"大易生"和"胭脂雪"成熟的时候,附近两河的码头上是停泊了许多帆船的,从水路再转上铁路,我们的桃子是被送到其他城市人民的口上去了。我很担心,今后的桃园会变得冷落,恐怕不会再有那么多吆吆喝喝的肩挑贩,河上的白帆也将更见得稀疏了吧。

住

胡同文化

◎汪曾祺

北京城像一块大豆腐,四方四正。城里有大街,有胡同。大街、胡同都是正南正北,正东正西。北京人的方位意识极强。过去拉洋车的,逢转弯处都高叫一声"东去!""西去!"以防碰着行人。老两口睡觉,老太太嫌老头子挤着她了,说"你往南边去一点"。这是外地少有的。街道如是斜的,就特别标明是斜街,如烟袋斜街、杨梅竹斜街。大街、胡同,把北京切成一个又一个方块。这种方正不但影响了北京人的生活,也影响了北京人的思想。

胡同原是蒙古语,据说原意是水井,未知确否。胡同的取名,有各种来源。有的是计数的,如东单三条、东四十条。有的原是皇家储存物件的地方,如皮库胡同、惜薪司胡同(存放柴炭的地方),有的是这条胡同里曾住过一个有名的人物,如无量大人胡同、石老娘(老娘是接生婆)胡同。大雅宝胡同原名大哑巴胡同,大概胡同里曾住过一个哑巴。王皮胡同是因为有一个姓王的皮匠。王广福胡同原名王寡妇胡同。有的是某种行业集中的地方。手帕胡同大概是卖手帕的。羊肉胡同当初想必是卖羊肉的,有的胡同是像其形状的。高义伯胡同原名狗尾巴胡同。小羊宜宾胡同原名羊尾巴胡同。大概是因为这两条胡同的样子有点像羊尾巴、狗尾巴。有些胡同则不知道何所取义，如大绿纱帽胡同。

胡同有的很宽阔，如东总布胡同、铁狮子胡同。这些胡同两边大都是"宅门"，到现在房屋都还挺整齐。有些胡同很小，如耳朵眼胡同。北京到底有多少胡同？北京人说：有名的胡同三千六，没名的胡同数不清，通常提起"胡同"，多指的是小胡同。

胡同是贯通大街的网络。它距离闹市很近，打个酱油，约二斤鸡蛋什么的，很方便，但又似很远。这里没有车水马龙，总是安安静静的。偶尔有剃头挑子的"唤头"（像一个大镊子，用铁棒从当中擦过，便发出嗡的一声）、磨剪子磨刀的"惊闺"（十几个铁片穿成一串，摇动作声）、算命的盲人（现在早没有了）吹的短笛的声音。这些声音不但不显得喧闹，倒显得胡同里更加安静了。

胡同和四合院是一体，胡同两边是若干四合院连接起来的。胡同、四合院，是北京市民的居住方式，也是北京市民的文化形态。我们通常说北京的市民文化，就是指的胡同文化。胡同文化是北京文化的重要组成部分，即便不是最主要的部分。

胡同文化是一种封闭的文化。住在胡同里的居民大都安土重迁，不大愿意搬家。有在一个胡同里一住住几十年的，甚至有住了几辈子的。胡同里的房屋大都很旧了，"地根儿"房子就不太好，旧房檩，断砖墙。下雨天常是外面大下，屋里小下。一到下大雨，总可以听到房塌的声音，那是胡同里的房子。但是他们舍不得"挪窝儿"——"破家值万贯"。

四合院是一个盒子。北京人理想的住家是"独门独院"。北京人也很讲究"处街坊"。"远亲不如近邻"。"街坊里道"

的,谁家有点事,婚丧嫁娶,都得"随"一点"份子",道个喜或道个恼,不这样就不合"礼数"。但是平常日子,过往不多,除了有的街坊是棋友,"杀"一盘;有的是酒友,到"大酒缸"(过去山西人开的酒铺,都没有桌子,在酒缸上放一块规成圆形的厚板以代酒桌)喝两"个"(大酒缸二两一杯,叫作"一个");或是鸟友,不约而同,各晃着鸟笼,到天坛城根、玉渊潭去"会鸟"(会鸟是把鸟笼挂在一处,既可让鸟互相学叫,也互相比赛),此外,"各人自扫门前雪,休管他人瓦上霜"。

北京人易于满足,他们对生活的物质要求不高。有窝头,就知足了。大腌萝卜,就不错。小酱萝卜,那还有什么说的。臭豆腐滴几滴香油,可以待姑奶奶。虾米皮熬白菜,嘿!我认识一个在国子监当过差,伺候过陆润庠、王垿等祭酒的老人,他说:"哪儿也比不了北京。北京的熬白菜也比别处好吃——五味神在北京。"五味神是什么神?我至今考查不出来。但是北京人的大白菜文化却是可以理解的。北京人每个人一辈子吃的大白菜摞起来大概有北海白塔那么高。

北京人爱瞧热闹,但是不爱管闲事。他们总是置身事外,冷眼旁观。北京是民主运动的策源地,"民国"以来,常有学生运动。北京人管学生运动叫作"闹学生"。学生示威游行,叫作"过学生"。与他们无关。

北京胡同文化的精义是"忍",安分守己、逆来顺受。老舍《茶馆》里的王利发说"我当了一辈子的顺民",是大部分北京市民的心态。

我的小说《八月骄阳》里写到"文化大革命",有这样一段对话:

"还有个章法没有?我可是当了一辈子安善良民,从来奉公守法。这会儿，全乱了。我这眼面前就跟'下黄土'似的，简直的，分不清东西南北了。"

"您多余操这份儿心。粮店还卖不卖棒子面?"

"卖!"

"还是的。有棒子面就行……"

我们楼里有个小伙子，为一点事，打了开电梯的小姑娘一个嘴巴。我们都很生气，怎么可以打一个女孩子呢!我跟两个上了岁数的老北京(他们是"搬迁户"，原来是住在胡同里的)说，大家应该主持正义，让小伙子当众向小姑娘认错，这二位同志说:"叫他认错?门儿也没有!忍着吧!——穷忍着，富耐着，睡不着眯着!""睡不着眯着"这话实在太精彩了!睡不着，别烦躁，别起急，眯着，北京人，真有你的!

北京的胡同在衰败，没落。除了少数"宅门"还在那里挺着，大部分民居的房屋都已经很残破，有的地基柱础甚至已经下沉，只有多半截还露在地面上。有些四合院门外还保存着已失原形的拴马桩、上马石，记录着失去的荣华。有打不上水来的井眼、磨圆了棱角的石头棋盘，供人凭吊。西风残照，衰草离坡，满目荒凉，毫无生气。

看看这些胡同的照片，不禁使人产生怀旧情绪，甚至有些伤感。但是这是无可奈何的事。在商品经济大潮的席卷之下，胡同和胡同文化总有一天会消失的。也许像西安的虾蟆陵，南京的乌衣巷，还会保留一两个名目，使人怅惘低回。

再见吧，胡同。

1993 年 3 月 15 日

炉 火

◎臧克家

　　金风换成了北风,秋去冬来了。冬天刚刚冒了个头,落了一场初雪,我满庭斗艳争娇的芳菲,顿然失色,鲜红的老来娇,还有各色的傲霜菊花,一夜全白了头。两棵丁香,叶子簌簌辞柯了,像一声声年华消失的感叹。

　　每到这个季节,十一月上旬,我生上了炉火,一直到明年四月初,将近半年的时光,我进入静多动少的生活。每到安炉子和撤火的时候,我的心里总有些感触,季候的变迁,情绪的转换,打下了很鲜明、很深刻的印记。

　　我的小四合院,每到冬季,至少要安六个炉子,日夜为它奔忙,我的家人总是念咕说:安上暖气多省事啊,又干净。我也总是用我的一套理由做挡箭牌:安暖气花费太大呀,开地道安管子多麻烦啊,几吨煤将放在何处? 还得有人夜里起来烧锅炉……我每年这样搪塞,一直搪塞了二十一年。其实,别的是假的,我中心的一条是:我爱炉火!

　　我住北房,三明两暗。左右两间有两个炉子,而当中的会客室,却冷冷清清,娇花多盆,放上两套沙发,余地供回旋的就甚少了。客人来了,大衣也不脱,衣架子成了空摆设。到我家做客的朋友们,都说我屋子里的温度太低了。会客室里确是有点清冷,而我的写作间兼寝室却暖和和的。炉子,成为我亲密的朋友，几十年来，它的脾气我是摸透了。它，有时爆烈，有时温柔，它伴我寂寞，给我慰安和喜悦。窗外，北风呼号，雪花乱飘，这时，炉火正红，壶水正沸，恰巧一位风雪故人来，一进门，打打身上的雪花，进入了我的内室，沏上一杯龙井，泡沫喷香，相对倾谈，海阔天空。水壶咝咝作响，也好似参加了我们的叙谈，人间赏心乐事，有胜过如此的吗？

每晚，我必卧在床上，对着孤灯，夜读至十时，或更迟些。炉火伴我，它以它的体温温暖我，读到会心之处，忽然炉子里砰砰爆了几声，像是为我欢呼。有时失眠了，辗转不能安枕，瞥看炉子里的红光一点，像只炯炯的明眸，我心安了，悠悠然，入了朦胧的境界。

暖气，当然温暖，也干净；但是啊，它不能给我以光，它缺少性格与一种活力。我要光。我要性格。我要活力。

我想到七八岁上私塾的时候，冬天，带上个铜"火箱"，里边放上几块烧得通红的条炭，用灰把它半掩住，"火箱"盖上全是蜂窝似的小孔，手摸上去暖乎乎的，微微的火光从小孔里透露出来，给人以光辉，它不仅使人触感上感到温暖，而且透过视觉在心灵上感受到一种启示与希望的闪光。

有这种生活经验的人，会饶有情味地回忆到隆冬深夜，置身在旷山大野中，几个同伴围在篝火旁边取暖的动人的情景，火，以它的巨大热力使人通体舒畅，它的火柱冲天而起，在黑暗中给人以一种巨大的鼓舞力量与向前冲击的勇气。在它的猛烈的燃烧中，迸出噼噼啪啪的爆炸声，不像一声声鼓点吗？

炉火当然不是铜"火箱"，也不是篝火，可是它们也有相同的性格；它们发热，它们发光，它们也能发出震撼心灵的声响。

几十年来我独持异议不安暖气,始终留恋着炉火,原因就在此。

1984 年 11 月 24 日

旧居赋

◎佘树森

近年,在我家周围不断有高楼拔地而起。想到我住的这一方园地、间半居室,不久也会消失在楼的森林之中,于是,它平日的破旧、狭小、简陋……好像都化作了一种绵绵的眷恋,时时袭上心头。虽然,我之旧居自不能与唐代诗人刘禹锡笔下的"陋室"并论,更不敢同现代作家徐志摩描写的"艳丽的垃圾窝"媲美;然而,认真体察,细细吟味,它却也别有一番动人的情趣。

它,门窗油漆剥落,颇含古雅淡朴之趣;地面水泥破残,空气却润而不燥。房后接出一间木板油毡棚厦,每值雨天,一片空脆之声,如闻雨打芭蕉;尤其在骤雨初歇的静夜,漏处残滴,滴滴落入铝盆,甚有"深宫滴漏"的韵味。房前园地一方,三面插以竹篱,爬满金银花、蔷薇、茑萝、牵牛、丝瓜、梅豆之类;窗前一株葡萄,树龄已逾十载。春日,新芽萌发,生机喜人;夏天,自有一窗绿荫泻于书案,清人心目,而那三面竹篱上,则是绿叶丛丛,猩红万点;紫的、蓝的牵牛花,一直开到仲秋;到了冬季,经过西北风的"删繁就简",小院顿然变得空旷寥廓起来,在光秃秃的葡萄架下,时有一两只麻雀跳来跳去。

更使我感到其妙无穷的还是:它,远可得西山之静趣;近可感生活之旋涡。古人云:"山远始为容。"小立庭院,远望那暖暖的西山,好像是一位美人,静卧于绿野蓝天之际,有时,她裹着烟蓝色的轻纱,有时,她身披紫绿万状的锦绣,在朝日、夕晖、雨雪、雾霭之中,变幻着姿容……你可以任意地想象着那山里的一座座古寺、佛塔、经幢、断碑,以及那明眸似的清澈的泉水……而不致被那满地冰棍和面包的花纸,收录机的喧阗聒噪,败坏游兴。我之陋居,实乃"院中之院",它周围聚居着一百多户人家,"五行八作"皆有。有的正去上班,有的刚刚下班;有的在淘米,有的在缝纫;有嗜爱听音乐的,有欢喜做家具的……于是,脚步声,车铃声,流水声,缝纫声,广播声,斧锯声……便不太协调地组合在一起,使你时时感到生活的脉搏就在你身边跳动,而不会陶醉于沉静之中,消磨掉自己奋斗的意志。每当我私欲萌动、牢骚将生之时,看到他们汗渍斑斑、行色匆匆,为开辟新生活而坚实苦干的情景,心中便豁然开朗,如蒙煦日之临照,清泉之荡涤。这一"静"一"动",实在结合得再妙不过了。

对于我之陋居,在来访的亲朋中,有指其窄陋的,亦有赞其"田园风味"的。在我们一家中,态度也不相同:我爱人是坚决的"主迁派",她总是唠叨着"啥时候能够分到楼房";我是"主和派",因为我想,搬入新楼,自然会住得宽敞些、干净些,但是,像前面所说的种种情趣,也会随之消逝,这使人不无恋恋;至于我那刚过五岁的小女儿呢,这里简直就是她的乐园:她将采来的蔷薇、茑萝或喇叭花,插在自己的小瓶子里;她喜欢用丝瓜花去喂蝈蝈;也不管是深秋或严冬,她常常吵嚷着要种花,她用小铲把花籽埋在土里,再拎着小桶去浇水,她相信它们也一定会在这儿开出美丽的花来的……因此,她可从来也没有产生过搬家的念头呢。

家乡两篇

◎林斤澜

沧河水

> 沧河之水清兮
>
> 　可以濯我缨
>
> 沧河之水浊兮
>
> 　可以濯我足
>
> 沧河之水清或浊兮
>
> 　濯我百姓

沧河小学九十华诞,开会庆祝。

自一九一四年创办,至一九四九年新中国成立前夕,这一段历史尘封多年,留存资料极少。靠老校友回忆、座谈、写纪念文章,如梳理发垢,性急不能编辫子。这一段历史长达三十五年,由老校长林丙坤一人连任。三十五年也就是一生一世,一生一世只做了一件事,办一个学校,也属少见。

老校友们念念不忘老校长,以为"最值得纪念的校长",办学"一丝不苟","什么时候也看得见的校长"。战争连绵,贫穷之极,简陋之至,每日下午放学之前,校长坚持集合,举当天的实例讲几句话,然后整队走出校门。日复一日,年复一年,送一队一队学生走上社会。三十五年如一日。

老校长林丙坤是我的父亲。

我十四岁抗日战争发生,离家奔赴战场,从此久居他乡。八十二岁和九妹林抗回到母校参加庆典,听到尊称几大教育家之一的父亲事迹,觉得既生疏又亲切。他的教育理论,我所知甚少。他对战争的态度,我很有感触。

我想他讨厌战争,因为不但打乱了按部就班的办学,也打乱了按部就班的生活。我想他是抗日的,这些话在课堂上讲不稀奇,在家里,在他心爱的儿子出走上,从不反对。国家兴亡,匹夫有责。这贯穿在老百姓头脑中的话,一样贯穿他的骨气,真做到"义不容辞"。

儿子将要远行。

一日下午,他敬仰的前辈,垂老的岳丈雇黄包车又拄棍走进院子。这是惊动全家的事情,须知老人家已久不出门,大约是次年就仙逝了。

老人家此来为看一眼外孙,为说一句话,做一个决定。外孙也深知老人家心性,强调去了还是先读书,有人教,学习好了再打仗。老人家听了,和做父母的说:

"又不是去做'不是',我看让他去吧。"

说罢站起就走,黄包车在门口等着,原来雇的是来回。

为的是入土为安之前看孙子一眼,为的说一句老百姓的话:"又不是去做'不是'。"

这雇来回的车,叫做父母的赞叹不已。

我不记得做父亲的教育家当时说了什么,没有慷慨陈词,也没有抒情,只反复说了"款式":"这样款式的人,这款式,这叫什么款式……"

"款式"是本地方言，相当普通话的"样子"。就用这老百姓的赞叹，我以为赞叹了百姓意识的极致。

教育家的父亲，对儿女的未来，也有过科学家、艺术家、专家名人的话。

但更多更日常的是学好本领，做有用的人，有碗饭吃，有好日子过……和老百姓想的说的一样。因此，我写百姓意识，写了极致。

籀　园

山河河面宽处像个湖。在我的记忆里，再搭上去瓯海公学的堤，小桥，临水凉亭，小洋楼，它就是个湖了。

籀园图书馆就在湖边。

"山坳海沿"之地，居然还有图书馆，居然还是私立的，居然站在湖边，站着总有一百年了(后来查书，才知道创立于一九一九年，恰是"五四"启蒙的时代)，也不知来历，单名籀，一个本不认识的"古"字。

记得，那开阔湖边有小路。转弯处，绿水悄悄，有安静的小院子，那是认真读书的地方。

现在找不见湖了，只有点水在道边。问问今日的学生，学生反问：籀，有这个字吗？

问问钓鱼的，图书馆吗？钓鱼不读书。

问问老先生老司伯，六七十年以前吗，拆的拆了，不拆也自己倒了，不倒也维修了，维修的这边有王十朋，那边有张什么张阁老吧，至少也得是阁老身份……

无奈小街小道边上，轧着一道小桥。看样子好像叫作"胜昔"。上桥果然找见斑驳的"胜昔"两字,桥下绿水如污沟,沟边又发现了幽静的院子,没错,就是那个认真读书的地方。现在却划在实验小学里。

当初"胜昔"吗,现在"胜昔"还叫得出口吗?

通过"媒体",学校接待。两层砖楼,里外依旧。只是现在搬空了,刷新了,准备如何如何学校也不清楚。

学校老师问我,到这里读古书吗?

不,这里是有名的藏书楼。不过我把这里当作"五四"的补习班。他们恰好在"五四"启蒙运动中创立,我在这里读周氏兄弟,读《新青年》读《语丝》,读《茵梦湖》也读《沉沦》,读《情书一束》读"少年维特"也因之"烦恼"了。

当然,遥想德先生和赛先生时节,会出院子,走石级,望绿水,神情茫然。感谢学校盛情接待。敢问现在准备开放籀园图书馆,为了需要再次启蒙?为了迎接德赛两位先生?

现在,当我知道"籀"字原意,仅是联系创办人的名号,他创办在一九一九,恰好赶上启蒙年代。

又恰好这时,报上猜谜,把"籀"字当作谜底,谜面却是一句俗话:"个个留一手。"

动物中猫是猫科老大,老虎是学生。猫教老虎扑食种种本领。一日,老虎饿了,馋上老猫。猫上树,老虎不会。猫在树上曰:我若不留这一手,能有今天。

这个故事全世界都知道,因为猫把秘密写到书上去了。书是专写留一手的地方。能不能叫作书,就看有没有留一手。让开卷有益成为天经地义去吧。

今天开放籀园图书馆,是百姓需要"个个留一手"。需要经久的"启蒙"。需要"胜昔",把"胜昔"亮出来。

籀园是梦幻,那河面开宽的湖,那小路小弯小绿水,那幽幽两层砖楼,那启蒙的岁月。籀园的现在也是梦幻,那斑驳的"胜昔",那留一手的书。人们指着今天的辉煌,都会解释说,这里边沉淀了几千年的文化。沉淀,也就是百姓意识的沉淀。

住

书房天地

◎夏志清

　　我年纪愈大，在家里读书的时间也就愈多。刚来哥伦比亚大学的那几年，每天在校的时间较长，即便无公可办，我也定得下心来在自己办公室里读书的。到了今天，早已不习惯全套西装（领带、皮鞋）坐在办公室或者图书馆里读书了。十多年来，读书简直非在家里不可———星期总有三四天到离家仅一箭之遥的垦德堂去教书、看信、开会、会客，但回到家里即急不可待地脱掉皮鞋，穿上旧衣裤，这样才有心情去读书、写作。我在家里，从起床到上床都是穿着台制皮拖鞋的（王洞有机会去台北，总不忘多带几双回来），情形同英国大诗人奥登居住纽约期间相仿，但他穿的想是西式拖鞋，质料太软太厚，我是穿不惯的。平日熟朋友来访，我也不改穿皮鞋，只有自己请客，或者有远客来访，只好打领带、穿皮鞋把自己打扮起来。但真正不熟的同行，我还是在办公室接见的时候较多。我的办公室每晚有人略加打扫，而且环壁皆是书也，看起来既整洁又神气，不像我家的书房和会客室，到处都是书报杂物，再加上脱下后即放在大沙发上的大衣、围巾、帽子，见不得人。

　　我穿了旧衣裤，带了闲适的心情去读书，但却不爱看闲书。即使读了所谓"闲书"，我还是抱了做学问的态度去读它的。好多留美学人，日里在学校做研究、做实验，回家后把正经事丢开,大看其武侠小说——这样泾浊渭清地把"工作"和"消遣"分开,对我来说是办不到的。三十多年来我一直算是在研究中国小说,新旧小说既然都是我的正经读物,也就不会随便找本小说,以消遣的态度把它看着玩了。同样情形,我看老电影,也是在做学问。在电影院里聚精会神地看部经典之作,同我在家里看部经典小说一样,态度是完全严肃的。《时代》周刊大概可算是我每周必看的消遣读物,但目的也并非完全消遣:我对美国新闻、世界大事有兴趣,也真关心,读《时代》总比每天看《纽约时报》省时间得多了。

年轻时我爱读英诗,后来改行治小说。现在中国旧小说读得多了,发现此类小说所记载有关旧中国的情况,大同小异,真不如读《二十四史》、读古代文人留给我们的史实记录,近代学人所写之中国史研究,反而更让我们多知道旧中国之真相。但到了将退休的年龄,再改行当然是太迟了,尽管我真认为若要统评中国旧文学,就非对中国的历史和社会先有深入的了解不可。有一个问题最值得我们注意:为什么历代正统文人、诗词名家接触到的现实面如此之狭小,为什么朝廷里、社会上能看到多少黑暗而恐怖的现象,他们反而不闻不问,避而不谈。

假如有人以为我既身任文学教授之职,就该一心一意研究中国文学,连旁涉中国史学也是不务正业,那近年来我看的闲书、做的闲事,实在多不胜言了。我自己却从不把自己看成一个单治中国文学的专家:年轻时攻读西洋文学,到了今天还抽不出时间到英、法、德、意诸国去游览一个暑假,真认为是莫大憾事。但纽约市多的是大小博物馆,具有欧洲风味的历史性建筑物真也不少。我既无机会畅游西欧,假如平日在街上走路,不随时停下来鉴赏些高楼大厦、教堂精舍,也不常去大都会博物馆看些古今名画同特别展览,也就更对不起自己了。因此近十年来,即使在街上走路,我也在鉴赏建筑的艺术。哥伦比亚大学的晨边校园原是大建筑师麦金(Charles F. McKim)于19世纪末年开始精心设计的。那座洛氏图书馆(Low Memorial Library),以及周围那几幢意大利文艺复兴式的高楼,二十五年来天天见到,而且真的愈看愈有味道。

自己兴趣广了,藏书也必然增多了。譬如说,洛氏图书馆既同我相看两不厌,我对麦金—米德—怀特(McKim, Mead&White)这家公司所督造而至今公认为纽约市名胜的那好多幢大小建筑物早已大感兴趣了。前几年在《纽约时报书评》上看到了一篇评介两种研讨这家建筑公司的新书,虽然价昂无意订购也很兴奋。去年在一份廉价书目广告上看到其中一种已在廉售了,更为高兴,立即函购了一册。此书到手,单看图片也就美不胜收。

我对西洋画早已有兴趣,近二十年来收藏名家画册和美术史专著当然要比浅介建筑学的书籍多得多了。其中我参阅最勤的要算是约翰·华克(John Walker)所著《国家美术馆》(The National Gallery of Art)、已故哥伦比亚大学教授霍华·希伯(Howard Hibbard)所著《大都会博物馆》(The Metropolitan Museum of Art)这两种。在家看书里的图片,有空跑大都会,自己对西洋名画的鉴赏力真的与日俱增。华府的国家美术馆我只去过两三次,但最近大都会举行了法国18世纪画家弗拉戈纳(Fragonard)的特别展览,我又有机会看到国家美术馆收藏的那幅《少女读书图》,真是欣喜莫名。华克书里复印的那一帧虽然色泽也很鲜明,但同原画是不好比的。

我从小研究美国电影,近二十年来电影书籍充斥市场,我少说也买了百种以上了。此类书籍良莠不齐,那些老明星请捉刀人代写的传记、回忆录看不胜看,大多没有阅读价值。那些学院味道较重的研究、批评,真正出色的也不多。对我来说,反是那些巨型的参考书最有用。其中有一套纽约皇冠出版社(Crown Publishers)发行的英国书,详列好莱坞各大公司自创立以来所发行的无声、有声长片(feature-length films),差不多每片评介都附有剧情插图,图文并茂,最对我这样老影迷的胃口。此套丛书首册乃约翰·伊姆斯(John Douglas Eames)所编撰的《米高梅故事》(The MGM Story,1975 年初版,1979 年增订本英美版同时发行),载有一千七百二十三张影片的图片和简介,米高梅公司 1924 到 1978 年间所发行的长片,无一遗漏,真为全世界的影迷造福。伊姆斯曾在米高梅伦敦办事处工作四十年,对其所有出品了如指掌,写这本《故事》真是驾轻就熟,报道无一错误。之后,他又出了一部《派拉蒙故事》(1985),同样让我看到他编书之细致和学问之渊博,虽然派拉蒙历史比米高梅更为悠久,出品更多,不可能每张长片都有图文介绍。华纳、环球、联美、RKO 这四家公司的《故事》也已出版,它们的编撰人若非英人,也是久居伦敦的美国人,好莱坞的知识同伊姆斯差不多渊博,写的英文也算得上漂亮,远胜美国书局策划的同类书籍。当年好莱坞八大公司,只有 20 世纪福克斯、哥伦比亚这两家尚无《故事》报道,但想也在编写之中了。

　　讨论绘画、建筑、电影的巨型书,因为图片多,通常也算是 coffee-table books,放在客厅咖啡矮桌上,供客人、家里人饭后酒余翻阅消遣之用的。我自己则并无坐在客厅沙发上看书的习惯。即使看中英文报纸，也得把它放在书桌上，坐下来看的。一来，客厅灯光不够亮，坐在沙发上看书伤眼睛；二来，绘画、建筑、电影每项都是大学问，自己虽非专家，只有把书放平在书桌上，认真去读它，才对得起自己，也对得起这项学问。不少中外学者只关心某项学问的某一部分，有关这一部分的专著、论文他们看得很齐全，对其他学问则不感兴趣。这样一位专家，可能在他的小天地里很有些建树，但本行之外的东西懂得太少，同他谈话往往是很乏味的。我自己的毛病则在兴趣太广。每两星期翻阅一份新出的《纽约书评》双周刊(The New York Review of Book)，差不多每篇书评(不论题目是宗教、思想、政治、文艺名人传记，不论是哪个时代、哪个国家的事情)读起来都很津津有味，只好克制自己，少读几篇。孔子劝老年人，"血气既衰，戒之在得"。我不贪钱，从不做发财的梦，想不到即届退休的年龄，求知欲竟如此之强，每种学问都想多懂一点，多"得"一点。这，我想，也是"血气既衰"的症状。年轻的时候专攻文学，我忍得住气，并不因为自己别的学问懂得太少而感到不满足。

　　1948 年初抵达新港后，我在一个爱尔兰老太婆家里，租居了一间房间，住了八九个月。我的书桌右边放了一只极小的旧式台灯，事后发现那几个月左眼近视加深了一点，非常后悔。假如老太婆给我两只台灯，左右光线平均，近视就不会加深了。但是旅美四十年，搬出老太婆家后长年熬夜读书而至今目力未见老化，实在说得上是有福气的。这同我每天必服维生素、矿物质当然很有关系。但上世纪 50 年代初期我读了A.赫胥黎刚出的那本小册子《看的艺术》(The Art of Seeing)，更是受惠终身。赫氏童年时患了一场大病，差不多双目失明，因之他对保养眼睛之道大有研究。他认为书房的灯光应明亮如白昼才不伤眼睛，因此三十多年来我在书桌上总放着两只一百支光的台灯，天花板上那盏灯至少也是百支光的(二十多年来，我早已改装了荧光灯)，果然保持了我双目的健康。美国华裔小学生，好多患近视，想来在家里伏案做功课时，灯光不够。希望贤明的家长们，不要为了节省电费而吝惜灯光——子女很小就戴了眼镜，做父母的看到了，心里也该是十分难受的。

读书不仅光线要充足，衣鞋要舒服，在我未戒烟之前，"鸡窗夜静开书卷"，当然少不了烟茶二物做伴。每晚散步回家，沏好一杯龙井坐定，也就必然点燃一支烟卷，或者一斗烟丝，一口口地吸起来，这样眼睛忙着看字，手忙着端茶送烟，口忙着品茗吐雾，静夜读书，的确兴趣无穷。到了上世纪70年代，靠了茶精、尼古丁提神，我经常熬夜，假如翌晨无课，五六点钟才上床，但虽然入睡了(尤其在冬天，窗不能敞开)，呼吸的还是充满烟味的空气。我吸烟近四十年，原先烟瘾不大，但少说也有三十年，天天在烟雾中生活，如此不顾健康，现在想想实在可怕。

烟终于在三年前戒掉了，而且早在戒烟之前，连早餐时喝咖啡的习惯也戒了。只有书房里喝中国茶的习惯没有去改——戒茶并不困难，但明知饮茶对身体无益而可能有害，我却不想去戒。留美四十年，我生活早已洋化，思想和我国古代文人不一样，连饮食习惯也不太一样。王洞在我指导之下烧的中国饭——不用白米、猪肉、牛肉，绝少用盐和酱油——古代文人一定皱眉头吃不下去的。但假如苏东坡、袁子才有兴访游纽约，来到寒舍，我给他们每人一杯新沏的龙井或者乌龙——虽然自来水比不上泉水、井水——他们还是觉得清香可口的。因此我一人在海外书房读书，读的可能是西文书，也可能是当今大陆、台湾学者痛批中国传统的新著作——但一杯清茶在手，总觉得自己还是同那个传统并未完全脱节的读书人。而且戒烟之后，下午读书也得冲一杯，我的茶瘾也愈来愈大了。

轻轻地走与轻轻地来

◎史铁生

现在我常有这样的感觉：死神就坐在门外的过道里，坐在幽暗处，凡人看不到的地方，一夜一夜耐心地等我。不知什么时候它就会站起来，对我说：嘿，走吧。我想那必是不由分说。但不管是什么时候，我想我大概仍会觉得有些仓促，但不会犹豫，不会拖延。

"轻轻地我走了，正如我轻轻地来"——我说过，徐志摩这句诗未必牵涉生死，但在我看，却是对生死最恰当的态度，作为墓志铭真是再好也没有。

死，从来不是一次性完成的。陈村有一回对我说：人是一点一点死去的，先是这儿，再是那儿，一步一步终于完成。他说得很平静，我漫不经心地附和，我们都已经活得不那么在意死了。

这就是说，我正在轻轻地走，灵魂正在离开这个残损不堪的躯壳，一步步告别着这个世界。这样的时候，不知别人会怎样想，我则尤其想起轻轻地来的神秘。比如想起清晨、晌午和傍晚变幻的阳光，想起一方蓝天，一个安静的小院，一团扑面而来的柔和的风，风中仿佛从来就有母亲和奶奶轻声的呼唤……不知道别人是否也会像我一样，由衷地惊讶：往日呢？往日的一切都到哪儿去了？

生命的开端最是玄妙，完全的无中生有。好没影儿的忽然你就进入了一种情况，一种情况引出另一种情况，顺理成章天衣无缝，一来二去便连接出一个现实世界。真的很像电影，虚无的银幕上，比如说忽然就有了一个蹲在草丛里玩耍的孩子，太阳照耀他，照耀着远山、近树和草丛中的一条小路。然后孩子玩腻了，沿小路蹒跚地往回走，于是又引出小路尽头的一座房子，门前正在张望他的母亲，埋头于烟斗或报纸的父亲，引出一个家，随后引出一个世界。孩子只是跟随这一系列情况走，有些一闪即逝，有些便成为不可更改的历史，以及不可更改的历史的原因。这样，终于有一天孩子会想起开端的玄妙：无缘无故，正如先哲所言——人是被抛到这个世界上来的。

　　其实，说"好没影儿的忽然你就进入了一种情况"和"人是被抛到这个世界上来的"，这两句话都有毛病，在"进入情况"之前并没有你，在"被抛到这世界上来"之前也无所谓人。——不过这应该是哲学家的题目。

　　对我而言，开端，是北京的一个普通四合院。我站在炕上，扶着窗台，透过玻璃看它。屋里有些昏暗，窗外阳光明媚。近处是一排绿油油的榆树矮墙，越过榆树矮墙远处有两棵大枣树，枣树枯黑的枝条镶嵌进蓝天，枣树下是四周静静的窗廊。——与世界最初的相见就是这样，简单，但印象深刻。复杂的世界尚在远方，或者，它就蹲在那安恬的时间四周窃笑，看一个幼稚的生命慢慢睁开眼睛，萌生着欲望。

　　奶奶和母亲都说过：你就出生在那儿。

　　其实是出生在离那儿不远的一家医院。生我的时候天降大雪。一天一宿罕见的大雪，路都埋了，奶奶抱着为我准备的铺盖蹚着雪走到医院,走到产房的窗檐下,在那儿站了半宿,天快亮时才听见我轻轻地来了。母亲稍后才看见我来了。奶奶说,母亲为生了那么个丑东西伤心了好久,那时候母亲年轻又漂亮。这件事母亲后来闭口不谈,只说我来的时候"一层黑皮包着骨头",她这样说的时候已经流露着欣慰,看我渐渐长得像回事了。但这一切都是真的吗?

我蹒跚地走出屋门,走进院子,一个真实的世界才开始提供凭证。太阳晒热的花草的气味,太阳晒热的砖石的气味,阳光在风中舞蹈、流动。青砖铺成的十字甬道连接起四面的房屋,把院子隔成四块均等的土地,两块上面各有一棵枣树,另两块种满了西番莲。西番莲顾自开着硕大的花朵,蜜蜂在层叠的花瓣中间钻进钻出,嗡嗡地开采。蝴蝶悠闲飘逸,飞来飞去,悄无声息仿佛幻影。枣树下落满移动的树影,落满细碎的枣花。青黄的枣花像一层粉,覆盖着地上的青苔,很滑,踩上去要小心。天上,或者是云彩里,有些声音,有些缥缈不知所在的声音——风声?铃声?还是歌声?说不清,很久我都不知道那到底是什么声音,但我一走到那块蓝天下面就听见了他,甚至在襁褓中就已经听见他了。那声音清朗,欢欣,悠悠扬扬不紧不慢,仿佛是生命固有的召唤,执意要你去注意他,去寻找他、看望他,甚或去投奔他。

我迈过高高的门槛,艰难地走出院门,眼前是一条安静的小街,细长、规整,两三个陌生的身影走过,走向东边的朝阳,走进西边的落日。东边和西边都不知通向哪里,都不知连接着什么,唯那美妙的声音不惊不懈,如风如流……

我永远都看见那条小街,看见一个孩子站在门前的台阶上眺望。朝阳或是落日弄花了他的眼睛,浮起一群黑色的斑点,他闭上眼睛,有点怕,不知所措,很久,再睁开眼睛。啊！好了,世界又是一片光明……有两个黑衣的僧人在沿街的房檐下悄然走过……几只蜻蜓平稳地盘桓,翅膀上闪动着光芒……鸽哨声时隐时现,平缓,悠长,渐渐地近了,噗噜噜飞过头顶,又渐渐远了,在天边像一团飞舞的纸屑……这是件奇怪的事,我既看见我的眺望,又看见我在眺望。

那些情景如今都到哪儿去了？那时刻,那孩子,那样的心情,惊奇和痴迷的目光,一切往日情景,都到哪儿去了？它们飘进了宇宙,是呀,飘去五十年了。但这是不是说,它们只不过飘离了此时此地,其实它们依然存在？

梦是什么？回忆,是怎么一回事？

倘若在五十光年之外有一架倍数足够大的望远镜,有一个观察点,料必那些情景便依然如故,那条小街,小街上空的鸽群,两个无名的僧人,蜻蜓翅膀上的闪光和那个痴迷的孩子,还有天空中美妙的声音,便一如既往。如果那望远镜以光的速度继续跟随,那个孩子便永远都站在那条小街上,痴迷地眺望。要是那望远镜停下来,停在五十光年之外的某个地方,我的一生就会依次重现,五十年的历史便将从头上演。

真是神奇。很可能,生和死都不过取决于观察,取决于观察的远与近。比如,当一颗距离我们数十万光年的星星实际早已熄灭,它却正在我们的视野里度着它的青年时光。

时间限制了我们,习惯限制了我们,谣言般的舆论让我们陷于实际,让我们在白昼的魔法中闭目塞听不敢妄为。白昼是一种魔法,一种符咒,让僵死的规则畅行无阻,让实际消磨掉神奇。所有的人都在白昼的魔法之下扮演着紧张、呆板的角色,一切言谈举止一切思绪与梦想,都仿佛被预设的程序所圈定。

因而我盼望夜晚，盼望黑夜，盼望寂静中自由的到来。

甚至盼望站到死中，去看生。

我的躯体早已被固定在床上，固定在轮椅中，但我的心魂常在黑夜出行，脱离开残废的躯壳，脱离白昼的魔法，脱离实际，在尘嚣稍息的夜的世界里游逛，听所有的梦者诉说，看所有放弃了尘世角色的游魂在夜的天空和旷野中揭开另一种戏剧。风，四处游走，串联起夜的消息，从沉睡的窗口到沉睡的窗口，去探望被白昼忽略了的心情。另一种世界，蓬蓬勃勃，夜的声音无比辽阔。是呀，那才是写作啊。至于文学，我说过我跟它好像不大沾边儿，我一心向往的只是这自由的夜行，去到一切心魂的由衷的所在。

老房子的前世今生（节选）

◎舒婷

……每座幽深阴凉的老房子,既可以是一个家族盘根错节的宏大叙事,也可以缩写为攀缘在雕花窗台上,那几茎破碎的缠枝蔷薇……

失语的石头

鼓浪屿最负盛名的是各种风格的建筑。号称"万国建筑博览会",未免有些自夸,至少十几国领事馆,却是不争的历史事实。

鸦片战争后,厦门辟为通商口岸。西方列强纷纷涌进鼓浪屿,除了领事馆,还有商行、公馆、别墅、教堂和学校,甚至有一个小小足球场。洋人记载:岛民穿人字拖鞋踢球,往往拖鞋先破门,球却飞了。因此得出中国足球不可惧的结论。姑且不论中国人是不是踢足球的料,起码这里的足球意识开发得比较早。岛上的中学生足球队十分骁勇,转战全省无敌手。现在的足球场,大铁门日夜紧锁,不准孩子们入内奔跑和操练。透过铁栅,可以看到茵茵绿地,像橱窗里摆设的绣花缎面,被自动洒水机精心熨烫着。据说正规的球场本来需要如此保养着。

福建沿海历史上，多有漂洋过海谋生求发展的传统。出于根深蒂固的乡土观念，二三十年代，不少华侨回鼓浪屿投资兴业，筑巢而居。他们既想保留闽南古风，又吸纳侨居国的建筑风采和技术。直接从国外自带设计图纸，进口高级建筑材料和家具，经中国风水先生的严格测试，因地制宜，依山望海，竟建成了一千多栋私人楼房。

有纯欧陆式别墅。牵藤攀薜的廊柱和拱门，虽斑驳残缺，犹见考究的百合浮雕和古希腊宏伟气势。风轻摇松动的百叶窗，似乎可以窥见当年的壁炉、枝形烛光、细瓷银刀叉，以及踮在留声机上如痴如醉的白缎舞鞋。

有庭院深深的大夫第和四落大厝。铜门环凹凸剥蚀，击一声绵长，再击一声悠远，声声清亮如磬。红砖铺砌的天井里，桂香一树，兰花数盆，月季两三朵。檐前滴水青石，长年累月，几被岁月滴穿。中堂的长轴山水，檀香案上的青瓷描金古瓶，甚至洒扫庭院的布衣老人的肩头，似蒙着薄薄一层百年浮尘。

更有"穿西装戴斗笠"中西合璧的别墅。建筑主体是西洋式的，有地下隔潮层，卫生设施十分先进完备，但屋顶却是飞檐翘角，门楣装饰挂落、斗拱、垂桂花篮等，花园里既建喷水池，又造假山、八角亭等等。甚至有集清真寺、希腊神庙、罗马教堂和中国古典为一体的建筑，如"八卦楼"，即现在的厦门博物馆。

最耐人寻味的是那些别墅的名字：杨家园、番婆楼、春草堂、观海别墅、西欧小筑、亦足山庄等等，听起来已出彩得很。名如其楼呀！在或富丽奢华或沧桑古朴的外貌下，掩藏着一部部真实的南洋华侨家族史，不知有多少"大宅门"锁锈路埋，讳莫如深,鲜有人知。

它们成为许多电影和电视连续剧的场景。扛摄影机的人进进出出,名演员不戴墨镜随便徒步上街,讨价还价买烤鱼片和桂圆肉,见惯不惊的小店老板一样放血,决不手软。

有一本书我百看不厌,胜过任何畅销小说,它是《鼓浪屿建筑丛谈》,作者是龚洁。我曾经很热切地要去认本家,因为在厦门,只要姓龚,大致都会有些瓜葛。不料龚洁虽在厦门工作多年,却是江西移民,连闽南话也不会的。显然我是高攀不上了。

我的朋友,博物馆馆长何丙仲送我两本精美画册:《鼓浪屿建筑概览》和《鼓浪屿建筑艺术》。何先生出身名门,热衷本地风俗人情,遂时常出入深宅大院,收集大量资料。他告诉我,春雨潇潇的一个黄昏里,他应约拜访巨富黄奕柱的女儿黄萱。八十九岁的黄老太太正襟危坐于幽暗大客厅,奋指叩击一架德国老钢琴。琴声遒劲激越,倾吐满腹沧海桑田,庭前茶树愈加落寞,竟泣红一地。

每座幽深阴凉的老房子,既可以是一个家族盘根错节的宏大叙事,也可以缩写为攀缘在雕花窗台上,那几茎破碎的缠枝蔷薇。

这个画面扯动了拴在家乡老藤上我的这颗跃跃欲试的蠢瓜,同时又惊退了笔力贫弱的我。虽然有几家出版社约我写老房子旧别墅的书,几本杂志约我同题专栏,但我不敢答应。我想我还没有准备好。即使通过家族渊源去恳求,去友情出演,去纠缠磨蹭,也许老人们愿意接纳我引领我?但是深入一座巨宅的内部,就像翻搅一个人的五脏六腑,那种伤筋动骨的痛,他们何以承受?想到我若是投身进去,必将日日煎熬其中,感同身受不能自拔,就不寒而栗。

遂悲伤失语。

只在梦想中抚摸这些尘封的故事。

"水饺婶婆伊家"

鼓浪屿的历史风貌建筑众多,几乎每天都在眼皮底下。最重要的几十栋都被编号挂牌,由导游领着,云里雾里信口开河地介绍着。有关它们的研究和描述,包括新老照片的出版物和展览,已有不少。

我的祖父,我的父亲和我,搬迁过好几座房子。它们不是什么建筑经典范本,不是名人故居,没有惊心动魄的事迹,但却是我所关心、怀念、熟悉和栖身的家。在它们的屋盖下所发生的庸常曲折,不全是我的亲历亲为,经过长辈的言传身教,习旧如新,终于化成我生命中的情结和瘢痕。

我的祖宅在泉州西街旧馆驿,著名的东西塔对面,不久前被清华大学定为一级保护的老建筑。据称当年官驿从这里过,通往衢州府,是诸举子赴京赶考必由之路。父亲说我家又称"旗杆院",因为家族里几代人都有功名,门口竖了旗杆。前面属于同族名下的几大进,因经济状况优越,修缮有方,更显宽敞轩昂。其实归在我祖父这一房头名下的,只有最后边的一小落,一天井一花厅和几个小房间,面积都很局促,破损苍凉,不复当年大户人家门庭。

家族的荣光不能均匀分配和继承,祖父读毕上海法律学堂,说水土不服其实可能是染上肺结核,遂回来受聘于堂姐(即本岛"淑庄花园"原主人的正房太太)做账柜先生。不是掌柜,大概等于现在的会计吧? 就此携家在鼓浪屿定居。堂姑婆很年轻就病逝,因是明媒正娶,葬在"淑庄花园"高丘上,俯瞰这一私家园林终于变成对外开放的旅游景点。从那以后祖父教私塾养家而已,学生中据说有叶飞和方毅(真不可思议呀,祖父一向文弱,居然教出军事家和政治家)。本岛著名书法家九十多岁的高怀老先生,曾客气自称是祖父的学生。

我认识的祖父已闲居多年,挂名省文史馆员。留山羊胡子,弯腰曲背,指甲长如鸟喙。话很少痰很多,1957年死于肺病。

一生清贫的祖父没有买过房子,在鼓浪屿一直是借房和租房过日。

我所知道最先借居的是水饺婶婆的侧楼。水饺婶婆是堂姑婆的手帕之交,原是南洋富商,早年守寡,有两女儿及众多丫头妈子,不喜男人走动,连堂表兄弟也不给好脸色看。她能无偿借一座小楼容祖父居住多年,盖因祖父出身书香门第,一家又"古意"的缘故。

哥哥在这里出生,可见父亲的新房一定也设在这里。哥哥是我家长房长孙,由于水饺婶婆家中向无男丁,幼年的他,遂成为众姑姨婶妗、姐姐怀里手心里的香饽饽,比贾宝玉还风光。轮流抱他的女眷们竭力讨好他,尽塞吃的,尤其一些敬佛的供品。哥哥总是闹肚子,受洋教育的母亲悻悻然,敢怒不敢言。

祖母是续弦,连前祖母留下的两个女儿,父亲共有五兄弟三姐妹呢。如此人丁兴旺,必然嘈杂喧闹,太扰水饺婶婆吃斋念佛的清静。还因为水饺婶婆的家境表面维持着,其实已将坐食山空,祖父不忍加其负担,我出生之前,已经另租中华路上一层楼,搬出去住了。

　　小的时候,每年春节,祖母都要早早叮嘱父亲带我和哥哥去"水饺婶婆伊家"拜年。记忆中开始的那几年,照例是要在那里留饭的。高大的座钟发声洪亮,渍黄的字画有霉迹,被仔细擦拭得乌光油亮的红木家具陈列着描金细瓷。孩子们跑上同样光可鉴人的赤楠楼梯,再从雕花扶栏上滑溜下来。因为是春节,餐桌设在堂皇正厅,我总跪在笨重的花梨木凳才够得着。厨房另有副楼,年菜由佣人们流水地上,大鱼大肉且口味比较重,饭后我总渴得发晕,因此难忘。水饺婶婆领我们到她阴凉拥挤的大卧室,从四柱巨床的踩板底下,摸出两个散发樟脑丸味的大红柑给我们。

　　仿佛听家人说过,水饺婶婆许多年来,一直靠变卖家产撑足门面,却能敷衍得滴水不漏,可见原先财产多么殷实。作为故人,父亲心中有数,遂不再扰饭。但是"水饺婶婆伊家",仍然是我童年的美好去处。长长的胡同细沙铺就,几乎就是私家路,留一所攀着绿藤的小门楼为平常出入。两边是高墙,墙头探出龙眼、枇杷和芭蕉枝叶。墙里是水饺婶婆占地甚广的产业,红砖外墙的主楼三层高,层层均以宽大的拱形走廊环绕,百叶窗和双层楠木门。其他附属建筑印象不深,童年只觉得园林干燥而幽深,捉起迷藏简直连自己都找不着了。尤其一株枝条疯狂的老石榴,结稀稀三两硕大甜美的果。我公然垂涎,每次自然能够得逞。哥哥大我两三岁,不及我无耻,却也分得半个。晶莹多汁白里透红的颗粒儿,其神秘的排列方式让我迷恋至今。

　　2002年冬天,为了这篇文章,我又请我的姑姑带去这所老房子寻觅故人。我姑姑叫淑环,巧合的是水饺婶婆的两个女儿也是淑字排辈,从小亲如姐妹。三人都已年过七旬,交情有增无减。

胡同还是那样长长弯弯,因为没有其他住户共同使用,市政建设部门放任沙土流失,路面遂遍体鳞伤。园内原先绿浓花繁的林木,只留三两断桩。几盆白色塑料盆杜鹃,萎残一团。主楼外观更加沧桑衰败,犹固执顽强不让岁月。我家借住过的侧楼被族人拆了,重盖了一座刺目的瓷砖贴面的小楼。

长廊设小几和老藤椅,主人请我们喝功夫茶。

冬天的夕阳莞然墙头,像一枚多年不曾孵化的巨卵,被乱蓬蓬蒿草极尽抚爱着,仍是半点热量也无。

大厅的正门锁死,我不敢扰主人太多,又站在楼梯间的边门往里望了望。沉重的老家具几乎见不到,楼上卧室大概还有几件:水饺婶婆的大床之宽大幽暗,简直可以在床上演一台木偶戏;床头搁一把沉甸甸的沉香木如意,手温依稀,闽南话叫"不求人"。

我带了相机,但是没有勇气请求主人允许我拍照。慈祥而慷慨的梳髻老人,像一尊老家神,始终端坐在无所不至的阴影里。

一杯热茶酹地。水饺婶婆,我来看您了。

曾经的"闺房"

一个水泥坪大院,两个门楼平时关一个开一个,挂两个号码相连的门牌号:45—47。两排花甬中间,界碑似的搁一口闲置的井。水质碱味重,父亲用来浇花。酷暑时,垂下吊桶,冰镇西瓜、荔枝和凉茶。或以井水泼洒发烫的庭院和外墙,可以降温。

院内并排两座楼,一模一样的红砖外墙,层层以宽廊拱券环绕半周,木百叶护着玻璃门窗。两楼之内各有旋转木扶梯,自通各自楼层。两楼之间夹一道水泥楼梯,木栅门对望,类似现在的一门两户公寓,只不过水泥楼梯是露天的,光亮而且宽敞。联系各楼层背面公共廊台,还有一道之字形的水泥小楼梯,一直通向后泥坪,有点像欧洲老式住宅后面的防火梯。

后泥坪上有桑有葡萄有番石榴,各家拦出鸭棚鸡屋,还有一口深水井。曾经是饮水井,童年时候喝过,苦咸。接上自来水后,井台周围仍是两楼的生活中心,男孩子吊一桶水兜头冲凉,女人们浣衣濯米洗菜,当然,还有刷马桶。

两座三层楼像双胞胎,于是被称为"姐妹楼"。建筑风格上既体现了中国人的"血浓于水"的传统,又吸收了西方保护"隐私权"的观念。有不少大家族在海外发展后回国置产,设计上便是这样,即使兄弟家庭相对独立又彼此呼应。近几年重新翻建的另外两座相似的楼,也在中华路,不知是否命名"兄弟楼"?

两座楼合起来有六层,住了六户人家。

左楼45号,一楼阿西姑跟女儿住,女婿是儒雅的老报人。外孙女林敏比我小几岁,身材高拔柔韧,眉目如漆,明眸皓齿,十分俊俏,有几分像印度美人。夏天的晚上,我和她并肩坐在房前的石阶上纳凉,说些开心事。三楼是房东秀英姑,三个女儿。我祖父从新中国成立前就租了二层,四个方方正正的房间和一个大厅。一直到上世纪七十年代末,月租金只要十块钱。

右楼47号,一楼住着鼓浪屿老字号"瑞香饼家"的老板一家,"文革"以后这家只剩了一个老儿子留守。肖先生插队溜号回来,没有口粮,每天两餐提着铝锅,去"鼓浪屿餐厅"打一毛钱的面线糊果腹。我曾奇怪问他:"吃不腻吗,面线糊?"他答:"只有面线糊是不要粮票的。"47号的二楼即祖母家对门,住着雪白美丽的阿宝姑,丈夫在海外数十年,八十年代才回来养老。她的大女儿嫁给我最小的叔叔,是我的五婶,于是,整个二楼真正成了对门亲家。三楼住着原国民党上校张圣才,曾经是驻外情报官。据说珍珠港事件前一星期,他就发电报提醒华盛顿,可惜不被重视。大赦回来的张老先生,戴金丝眼镜,拄精致拐棍,腰腿笔直,不卑不亢,风度依然瘦癯英挺,看不出长时间的囚居生涯。儿子女儿成家后,他与孙辈三代同堂,是有教养的家庭。

祖母的家即便现在看来,住房面积不小,两百平方米是有的。只是人丁发展太快,尤其我这一拨如雨后春笋的堂表兄弟姐妹,拥挤得简直要从窗口冒出去。祖母的大床最合理使用的时候,除略沾床沿的老人外,头尾相插睡了五个孩子。我三岁左右,父亲从漳州来探亲,到外婆家接我,就让我跟祖母挨着睡。本来,这是一个最优待的位置,可我整夜啼哭乃至口吐白沫,任父亲哄劝,决不苟且。小小孩不知厉害,直嚷着祖母的发髻臭。父亲只好抱了我,在沙发上坐等天亮。祖母从此不喜欢我。她的头发乌浸浸的十分厚实绵密,每天只用刨花水梳篦,不洗头。

我自幼被外婆娇惯,每回祖母家均感不适。最痛苦的是没有卫生设备,祖母大床边遮一小通道,放一只红漆马桶,是诸多孙儿们的公共厕所,而倒马桶的女工每天仅来一次。有客人的时候其窘困可想而知。过节时家里的菜极咸,我便不敢喝水。夹着一泡尿,脸上如何讨人喜欢?祖母毫不掩饰地重男轻女,与钟爱我的父亲时有小冲突。有次父亲指使我去夹煤球以讨好祖母,我居然张着手说:"我的手这么白,怎能弄黑了!"连保护我的叔叔们都生气了。

三年困难时期,母亲为不拖累外婆,自立门户,争取到中医院太平间外一条一点五米宽四米长通道,勉强拦出 L 形宿舍,和妹妹挤在一张小弹簧床上。我在厦门实验小学四年级上到第五周,被插班到鼓浪屿人民小学,来到祖母的家挤。

中华路上祖母的家,对哥哥意义非凡。他是祖母的心头肉,叔叔们百般呵护的宠儿,众弟妹崇拜的权威兄长。少年时代的哥哥早懂事,我是他的倾斜对象。祖母给他另做点心,他总有办法分到我嘴里。每个房间都有两个以上的门,祖母后脚刚出,哥哥就从另一门把我拉进去,留一只鸡腿给我。冬天的晚上,其他弟妹跟祖母挤,夏天纷纷自找风口打地铺。我和哥哥头插脚睡在通道隔间的木床上。有一个独立的小空间,这也是哥哥的特权。我的小脚丫冰凉,从前都是夹在外婆的腿弯里,不知不觉就伸到哥哥的胳肢窝里。哥哥有件蜜蜂牌蓝色细毛衣,是家境好的时候妈妈手织的,已太小,又被我的脚趾头捅出两个大洞。哥哥一定很冷。我看去,他却总是雄赳赳气昂昂的。

外婆看到我本来黄瘦,不过两个月,头发纠结,耳后有泥垢,与母亲发难,我终于又回到外婆的翼护下。

再住进中华路上这个大院子,是 1972 年插队回来,外婆和母亲均已去世。父亲把我和妹妹拢回身边。在右楼底层.真正有了一间十二平方米的"闺房"。

说到这个硬腾出来的房间,便要想到房东秀英姑。

秀英姑身材略矮胖，声音洪亮。红脸膛，大眼睛，花白头发在脑后揪了一个薄薄的髻子。为人慷慨热情，虽然也是印尼归侨，总穿着传统的斜襟西洋布褂，从不刻意"番客婶"的身份。父亲刚摘帽回来依靠老母时，妻离子散，没有工作，夜夜不能寐，披衣枯坐在厨房里。半夜过后，秀英姑探头看到二楼有灯光，经常从后楼梯下来，端一碗热腾腾的"消夜"给父亲。雪里送炭呀，多年以来，父亲总要提起。

经父亲多次恳请，秀英姑说服楼下老房客肖先生，挪出来这一个独立门户的六角房给我们，每月租金二块钱，一次先交三个月。

我的"闺房"在楼下，通常叫作"阶头房"，一扇房门直接开在走廊石阶前。把通往其他房间的门堵死，就成了我的独立小天地。所有楼层都没有卫生间，父亲为满足我的洁癖，在阴暗的公共楼梯底下，用杉板钉了一个简易小浴室。冬天需另烧几热水瓶开水，提进去兑着冷水淋浴。

房间有四个大窗，都护着木百叶。明亮宽敞。东窗采光最好，置一张父亲为我设计的书桌，桌上的玻璃杯里，有父亲时常更换的鲜花。从窗根间看到整个水泥坪院，左院边上的香石榴半枯，右院的桑树被养蚕宝宝的孩子摘秃了。北窗隔着院墙望街，中华路上的行人来来往往，等看到父亲收工回来，双手提着菜兜，我就知道快吃饭了。我不管家务，父亲在二楼厨房做好饭，在我窗下一趟来一趟去巡逡，直到我放下笔才呼开饭。朋友来，想留饭，恰父亲加班，我与朋友左等右等直到天黑，朋友只好饿着肚子离去。

西窗外是一小块荒地，被邻楼夹着，阳光不及后娘脸上的笑容多。父亲耐心试验，种了茶、月季、美人蕉和非洲菊，甚至还有一粗陶巨缸的荷花。

从 1974 年开始，文学青年来往多了起来。翻烂卷角的世界名著；五六、五七、五八年的《诗刊》年度合订本；香港带进来的《美国现代诗选》；三十年代的手抄诗集；甚至国外有意思的来信；都在这里传阅过。高声讨论，俯首读书，常常留下喝粥。门经常是开着的，朋友进去就找本书读将起来，走时留一张字条，说：什么书借你，限期几天，什么书带走了，后天还你云云。

我先在厦门做纺织工人，三班倒，每日过海；继而在鼓浪屿灯泡厂，做焊锡工人，两班倒。夜班回来，总能看到房间四窗洞开，灯光奔泻，温馨可人。开锁进门，桌上盖碗里，是父亲掐准时间留的热汤面。工作辛苦，体质不好。失眠，低烧，读禁书，半夜爬起来写（忧心忡忡的父亲认为）危险的诗。婚前多年，是父亲的细心照料，我的体重才能维持在 46 公斤。

临街的六角房，我在这里度过写作最旺盛的青年时代，也是我的家庭我的国家最困苦的时代。它与我现在的住宅同在一条街上，路过的时候，不自觉总要多看两眼。灯光是别人的，晾在院子的裙子是别人的；别人的父亲在叫他女儿吃饭，别人的女儿把一条口香糖硬塞进她父亲的嘴里，乐成一团。

我的父亲在相框里，笑眯眯问我可有新作？

我在字里行间回答父亲：你因为《致橡树》发表在《诗刊》而镌字赠"瑜儿"（我的小名）的笔，我永不放弃。

父亲最后的休憩站

安海路上这所房子，是父亲最后弥留的地方。现在它已成一片废墟，如同我荒芜的心境。因为是危房，进口被政府封堵了。

我经常驻足在绝径前,黯然神伤。

那条夹在两楼之间的小砖甬,开着粉红色的风雨花(又叫韭菜兰),一直通往后楼梯,是平时出入的要道。由于阴湿,路面长满青苔,雨天滑不留足。我提着父亲酷爱的小零食去看父亲时,他听到我的脚步声,就会让哥哥下楼来接应。夜黑时分,父亲将台灯擎出窗口,为半瞎的我照明。

父亲居住的这座楼是 52 号。夹着砖甬的另一座更大的旧楼是 54 号,它的正门通往大路,因无人管理,一些外地民工潜入居住,晾着红色或蓝色尼龙裤。入口的小院里,原有一座两层小白楼是 50 号。现在不知是谁翻建过,变成乏善可陈的新式公寓。

三座楼都属于杨氏家族。

杨家与我家多年世交,主事的长房老大杨世雄,在鼓浪屿有点名气哩。我的大姑姑与父亲同父异母,嫁入杨家的四房,姑丈叫杨世勋。

大姑姑成亲时,祖母把自己所有压箱的首饰都拿出来当陪嫁,据说其丰盛齐全,令家族老人念念不忘。大姑姑极其孝顺,婚后不久随丈夫到菲律宾,源源不绝往娘家寄干贝、海参,寄羊羔皮袍、团花丝棉袍,寄高丽洋参,寄这寄那,就是不能寄钱,怕被婆家看轻了。大姑姑很年轻不幸死于难产,大姑丈因此杳无音信。

"文革"结束后,怀旧的老姑丈立刻和父亲联系,回国觅亲,进门即要父亲带他去扫墓,见祖父墓碑,扑通双膝跪下,老泪纵横。时已步履龙钟,七十多岁了,不复当年白西装白皮鞋白礼帽的公子哥儿。据说,我家虽然世代读书人,但太清贫,父亲读书的学费时常由姑丈资助。甚至和妈妈相亲时，父亲身上的白西装，也是借姑丈的。

中华路老家过分拥挤，姑丈只能住酒店，虽然每日父亲都去陪他，终觉不能真正享受亲情的沐浴。遂提出把杨氏家族在安海路的三座旧楼，交父亲托管。简单修缮后，父亲带着我哥我嫂搬进去了。

从那以后，姑丈经常回来，住在家里。姑丈晚年在菲律宾娶一老伴，相处无趣，冷淡而分居。儿女虽孝顺，工作繁忙，受的是洋教育说的是英语，甚至长相都像是马来人。寂寞的老姑丈太健谈，老人嘛总是说了又忘，忘了又说（和我现在一样），我们必须陪着，打点起十二分精神，才不至于在饭桌上睡着。幸亏父亲善烹调，日日变着花样，大饱口福的我们算是有了补偿。

父亲住的 52 号，应当是这组楼群里的主楼。其建筑艺术是很典型的欧陆风格，线条优雅华丽，木质百叶窗，窗楣花饰精致。正面入户之大阳台，很像 34 号的"西欧小筑"，对称两边是高高的台阶。由于再无重大事件发生，这个大门多年未曾开启过。

楼内以木结构为主，花砖铺地。楼后另有小木楼，木廊连接，每层一字排开三个小房间，是厨房和盥洗室。父亲住二楼西厢三间正房和两间小廊房，另有三户人家租住其他五间正房，两个大厅共用。前后厅合起来可以摆开 20 桌酒席，想想它的巨梁多长，椽有多结实。

一楼结构和面积虽然同等辽阔，仅住着族里一位老妇人。她雇的保姆把乡下一家人都带进来住，遂也是人声鼎沸。

比较鼓浪屿其他楼房，52 号的地下隔潮层显得有些豪华。除了房间高大而且数量不少外,前边廊柱的阴影下,铺设三十余平方米的洁净红砖坪。夏日里,常见租户在那里的竹躺椅上小寐,或择菜剖鱼,或泡茶打牌,真不知有多舒服。地下整层自新中国成立以后就以月租三元六毛租出去。"文革"后法定可以按比例增租,一增再增,最高时也涨不到六元。

鼓浪屿常年高热潮湿,白蚁是木结构楼房的致命杀手。可以说,父亲一住过去便与之奋斗不息,才能使这组老楼苟延残喘。

至于54号楼,那是一座更古老也许从前更气派的三层灰楼。由于住户稀落,林密园深,采光不足,所有房间都散发着霉味,而且阴气森森。父亲曾经和姑丈商议着把它卖了,得款用于修缮维护其他两座颓楼。但是,由于兄弟众多且分散世界各地,这些房产最终没能由姑丈完全继承。姑丈得肠癌去世后,父亲也离开了我们。

父亲去世后,哥嫂都搬到厦门新公寓去。安海路上的老屋,人去楼空,越加破败颓废,大概过不了多久就会彻底坍塌。

秋日里,一个夕阳晕醉的傍晚,我拿了数码相机,爬过贴了封条的围墙,绕着这座被猫爪藤和蒿草尽情涂改的旧楼,拍了好些照片,珍藏在记忆之中。

中国女人对娘家的心理依赖,深入骨髓,不可救药,无论她的婚姻是幸福的还是不幸的。父亲的家就是我的避风港我的保险柜,甚至还是我的百科全书。

我是从中华路老家出嫁的,父亲一直原封不动保留我的"闺房",直至搬离。住进安海路后,父亲终于在晚年有一个完全属于自己的家,老怀大畅,自不待说,我和我的朋友们得以沾光不少。顾城夫妇来厦门度蜜月,我和丈夫恰好要远行,遂让他们住安海路。哥嫂下班迟，父亲担心饿坏客人，请他俩先用餐。等我哥嫂下班回来，掀开纱罩，发现四菜一汤均盆碗如洗，点滴未剩。那以后，父亲每餐都得做两次。小两口心满意足——端起盘子，把菜汁舔干净的时刻，是我父亲极具成就感的时候。

1985年我现在的楼房维修时，我们带小儿子临时宿在父亲房间，父亲则到小廊房里搭一张钢丝床。诗人江河来厦门，我问他，可愿意在小客厅打地铺？他不肯，只好带他去招待所过夜。三餐也是在父亲的饭桌上打发。那些年，家家的饭桌上都是计划经济。我只要有重要的客人，都往安海路带，真难为了老父亲。

父亲在这楼里重拾毛笔"涂鸦"，旧报纸忽然都不够用了。可惜不被同辈看好，遂偃旗息鼓。在这楼里写了不少诗词格律，编纂成册自题《篯斋》，像"脑白金"的广告词一样：送亲朋、送好友、送叔叔、送阿姨，因不得鼓掌喝彩而快快不欢而转入地下写作。幸亏还有几个复古情怀的年轻人，虚心求教于父亲。回娘家时常见一圈如饥似渴的小青年，围坐父亲膝前，有问有答。父亲手捧《辞海》，侃侃滔滔。且不吝好茶，还把我经常叨来孝敬的零嘴小吃慷慨贡献。其情其景，大跌眼镜。

父亲也是在这楼里得病的，一得就是绝症。从获知化验结果到住院化疗到逝世，父亲从未露出过一丝忧色。他总是开开心心，总是胃口不错，总是手不释卷，总是撵我们：走吧走吧，你们都忙去，我这不挺好的吗？我们都以为他不知情。等整理他的遗物时，展读遗书，才发现他什么都知道，什么都安排妥定，连他自己的遗照都已装入黑框。镜框下"享年七十有六"是父亲亲手所书。这几个字是他写得最潇洒最性情最有味道的书法，我想这样诚恳地告诉他，可惜他再也不能呵呵大乐了。

我是永远失去了安海路上的那盏窗灯，尽管路还是那么地滑；永远不能再到父亲跟前去诉苦，去撒娇，去抢吃我俩都酷爱的卤鸡翅；永远不能拿起话筒就问："爸爸，何为'及笄'？何为'隙驷'？何为'理郁者苦贫，辞溺者伤乱'？"

写到这里，我心大痛。不能继续。

原下的日子

◎陈忠实

一

新世纪到来的第一个农历春节过后,我买了二十多袋无烟煤和吃食,回到乡村祖居的老屋。我站在门口对着送我回来的妻女挥手告别,看着汽车转过沟口那座塌檐倾壁残颓不堪的关帝庙,折回身走进大门进入刚刚清扫过隔年落叶的小院,心里竟然有点酸酸的感觉。已经摸上六十岁的人了,何苦又回到这个空寂了近十年的老窝里来。

从窗框伸出的铁皮烟筒悠悠地冒出一缕缕淡灰的煤烟,火炉正在烘除屋子里整个一个冬天积攒的寒气。我从前院穿过前屋过堂走到小院,南窗前的丁香和东西围墙根下的三株枣树苗子,枝头尚不见任何动静,倒是三五丛月季的枝梢上暴出小小的紫红的芽苞,显然是春天的讯息。然而整个小院里太过沉寂太过阴冷的气氛,还是让我很难转换出回归乡土的欢愉来。

我站在院子里,抽我的雪茄。东邻的屋院差不多成了一个荒园,兄弟两个都选了新宅基建了新房搬出许多年了。西邻曾经是这个村子有名的八家院,拥挤如同鸡笼,先后也都搬迁到村子里新辟的宅基地上安居了。我的这个屋院，曾经是父亲和两位堂弟三分天下的"三国"，最鼎盛的年月，有祖孙三代十五六口人进进出出在七八个或宽或窄的门洞里。在我尚属蒙眬混沌的生命片段里，看看村人把装着奶奶和被叫作厦屋爷的黑色棺材，先后抬出这个屋院，再在街门外把粗大的抬杠捆绑到棺材两侧，在儿孙们此起彼伏的哭号声浪里抬出村子，抬上原坡，沉入刚刚挖好的墓坑。我后来也沿袭这种大致相同的仪式，亲手操办我父亲和母亲从屋院到墓地这个最后驿站的归结过程。许多年来，无论有怎样紧要的事项，我都没有缺席由堂弟们操办的两位叔父一位婶娘最终走出屋院走出村子走进原坡某个角落里的墓坑的过程。现在，我的兄弟姐妹和堂弟堂妹，我的儿女，相继走出这个屋院，或在天之一方，或在村子的另一个角落，以各自的方式过着自己的日子。眼下的景象是，这个给我留下拥挤也留下热闹印象的祖居的小院，只有我一个人站在院子里。原坡上漫下来寒冷的风。从未有过的空旷。从未有过的空落。从未有过的空洞。

我的脚下是祖宗们反复踩踏过的土地。我现在又站在这方小小的留着许多代人脚印的小院里。我不会问自己也不会向谁解释为了什么又为了什么重新回来，因为这已经是行为之前的决计了。丰富的汉语言文字里有一个词儿叫龌龊，我在一段时日里充分地体味到这个词儿的不尽的内蕴。

我听见架在火炉上的水壶发出噗噗噗的响声。我沏下一杯上好的陕南绿茶，坐在曾经坐过近二十年的那把藤条已经变灰的藤椅上，抿一口清香的茶水，瞅着火炉炉膛里炽红的炭块，耳际似乎缭绕着见过面乃至根本未见过面的老祖宗们的声音：嗨！你早该回来了！

第二天微明，我搞不清是被鸟叫惊醒呢，还是醒来后听到了一种鸟的叫声。我的第一反应是斑鸠。这肯定是鸟类庞大的族群里最单调最平实的叫声，却也是我生命磁带上最敏感的叫声。我慌忙披衣坐起，隔着窗玻璃望去，后屋屋脊上有两只灰褐色的斑鸠。在清晨凛冽的寒风里，一只斑鸠围着另一只斑鸠团团转悠，一点头，一翘尾，发出连续的咕咕咕、咕咕咕的叫声。哦！催发生命运动的春的旋律，在严寒依然裹盖着的斑鸠的躁动中传达出来了。

我竟然泪眼模糊。

二

傍晚时分，我走上灞河长堤。堤上是经过雨雪浸淫沤泡变成黑色的枯蒿枯草。沉落到西原坡顶的蛋黄似的太阳绵软无力。对岸成片的白杨树林，在蒙蒙灰雾里依然不失其肃然和庄重。水清澈到令人忍不住又不忍心用手撩拨。一只雪白的鸬鹚，从下游悠悠然飘落在我眼前的浅水边。我无意间发现，斜对岸的那片沙地上，有个男子挑着两只装满石头的铁丝笼走出一个偌大的沙坑，把笼里的石头倒在石头垛子上，又挑起空笼走回那个低陷的沙坑。那儿用三脚架撑着一张钢丝笸筛。他把刨下的沙石一锨一锨抛向笸筛，发出连续不断千篇一律的声响，石头和沙子就在笸筛两边分流了。

我久久地站在河堤上，看着那个男子走出沙坑又返回沙坑。这儿距离西安不足三十公里。都市里的霓虹此刻该当缤纷，各种休闲娱乐的场合开始进入兴奋时刻。暮霭渐渐四合的沙滩上，那个男子还在沙坑与石头垛子之间来回往返。这个男子以这样的姿态存在于世界的这个角落。

　　我突发联想，印成一格一框的稿纸如同那张箩筛。他在他的箩筛上筛出的是一粒一粒石子，我在我的"箩筛"上筛出的是一个一个方块汉字。现行的稿酬标准无论高了低了贵了贱了，肯定是那位农民男子的石子无法比对的。我自觉尚未无聊到滥生矫情，不过是较为透彻地意识到构成社会总体坐标的这一极。这一极与另外一极的粗细强弱的差异。这是新世纪的第一个早春。这是我回到原下祖屋的第二天傍晚。这是我的家乡那条曾为无数诗家墨客提供柳枝，却总也寄托不尽情思离愁的灞河河滩。此刻，三十公里外的西安城里的霓虹灯，与灞河两岸或大或小村庄里隐现的窗户亮光；豪华或普通轿车壅塞的街道，与田间小道上悠悠移动的架子车；出入大饭店小酒吧的俊男靓女打蜡的头发涂红（或紫）的嘴唇，与拽着牛羊绳背着柴火的乡村男女；全自动或半自动化的生产流水线，与那个在沙坑在箩筛前挑战贫穷的男子……构成当代社会的大坐标。我知道我不会再回到挖沙筛石这一极中去，却在这个坐标中找到了心理平衡的支点，也无法从这一极上移开眼睛。

三

　　村庄背靠白鹿原北坡，遍布原坡的大大小小的沟梁奇形怪状。在一条阴沟里该是最后一坨尚未化释的残雪下，有三两株露头的绿色，淡淡的绿，嫩嫩的黄，那是茵陈，长高了就是蒿草，或卑称臭蒿子。嫩黄淡绿的茵陈，不在乎那一坨既残又脏经年未化的雪，宣示了春天的气象。

桃花开了，原坡上和河川里，这儿那儿浮起一片一片粉红的似乎流动的云。杏花接着开了，那儿这儿又变幻出似走似驻的粉白的云。泡桐花开了，无论大村小庄都被骤然暴出的紫红的花帐笼罩起来了。洋槐花开的时候，首先闻到的是一种令人总也忍不住深呼吸的香味，然后惊异庄前屋后和坡坎上已经敷了一层白雪似的脂粉。小麦扬花时节，原坡和河川铺天盖地的青葱葱的麦子，把来自土地最诱人的香味，释放到整个乡村的田野和村庄，灌进庄稼院的围墙和窗户。椿树的花儿在庞大的树冠和浓密的枝叶里，只能看到绣成一团一串的粉黄，毫不起眼，几乎没有什么观赏价值，然而香味却令人久久难以忘怀。中国槐大约是乡村树族中最晚开花的一家，时令已进入伏天，燥热难耐的热浪里，闻一缕中国槐花的香气，顿然会使焦躁的心绪沉静下来。从农历二月二龙抬头迎春花开伊始，直到大雪漫地，村庄、原坡和河川里的花儿便接连开放，各种奇异的香味便一波叠过一波。且不说那些红的黄的白的紫的各色野草的野花，以及秋来整个原坡都覆盖着的金黄灿亮的野菊。

五月是最好的时月，这当然是指景致。整个河川和原坡都被麦子的深绿装扮起来，几乎看不到巴掌大一块裸露的土地。一夜之间，那令人沉迷的绿野变成满眼金黄，如同一只魔掌在翻手之瞬间创造出神奇。一年里最红火最繁忙的麦收开始了，把从去年秋末以来的缓慢悠闲的乡村节奏骤然改变了。红苕是秋收的最后一料庄稼，通常是待头一场浓霜降至，苕叶变黑之后才开挖。湿漉漉的新鲜泥土的垄畦里，排列着一行行刚刚出土的红艳艳的红苕，常常使我的心发生悸动。被文人们称为弱柳的叶子，居然在这河川里最后卸下盛装，居然是最耐得霜冷的树。柳叶由绿变青,由青渐变浅黄,直到几番浓霜击打,通身变成灿灿金黄,张扬在河堤上河湾里,或一片或一株,令人钦佩生命的顽强和生命的尊严。小雪从灰蒙蒙的天空飘下来时,我在乡间感觉不到严冬的来临,却体味到一缕圣洁的温柔,本能地仰起脸来,让雪片在脸颊上在鼻梁上在眼窝里飘落,融化,周围是雾霭迷茫的素净的田野。直到某一日大雪渐止,原坡和河川都变成一抹银白的时刻,我抑制不住某种神秘的诱惑,在黎明的浅淡光色里走出门去,在连一只兽蹄鸟爪的痕迹也难觅踪的雪野里,踏出一行脚印,听脚下的好雪发出铮铮铮的脆响。

我常常在上述这些情景里,由衷地咏叹,我原下的乡村。

四

漫长的夏天。

夜幕迟迟降下来。我在小院里支开躺椅,一杯茶或一瓶啤酒,自然不可或缺一支烟。夜里依然有不泯的天光,也许是繁密的星星散发的。白鹿原刀裁一样的平顶的轮廓,恰如一张简洁到只有深墨和淡墨的木刻画。我索性关掉屋子里所有的电灯,感受天光和地脉的亲和,偶尔可以看到一缕鬼火飘飘忽忽掠过。

有细月或圆月的夜晚,那景象就迷人了。我坐在躺椅上,看圆圆的月亮浮到东原头上,然后渐渐升高,平静地一步一步向我面前移来,幻如一个轻摇莲步的仙女,再一步一步向原坡的西部挪步,直到消失在西边的屋脊背后。

某个晚上,瞅着月色下迷迷蒙蒙的原坡,我却替两千年前的刘邦操起闲心来。他从鸿门宴上脱身以后,是抄哪条捷径便道逃回我眼前这个原上的营垒的?"沛公军灞上",灞上即指灞陵原。汉文帝就葬在白鹿原北坡坡畔,距我的村子不过十六七里路。文帝陵史称灞陵,分明是依着灞水而命名。这个地处长安乐郊自周代就以白鹿得名的原,渐渐被"灞陵原"、"灞陵"、"灞上"取代了。刘邦驻军在这个原上,遥遥相对灞水北岸骊山脚下的鸿门,我的祖居的小村庄恰在当间。也许从那个千钧一发命悬一线的宴会逃跑出来,在风高月黑的那个恐怖之夜,刘邦慌不择路翻过骊山涉过灞河,从我的村头某家的猪圈旁爬上原坡直到原顶,才嘘出一口气来。无论这逃跑如何狼狈,并不影响他后来打造汉家天下。

大唐诗人王昌龄,原为西安城里人,出道前隐居白鹿原上滋阳村,亦称芷阳村。下原到灞河钓鱼,提镰在菜畦里割韭菜,与来访的文朋诗友饮酒赋诗,多以此原和原下的灞水为叙事抒情的背景。我曾查阅资料,企图求证滋阳村村址,毫无踪影。

我在读到一本《历代诗人咏灞桥》的诗集时,大为惊讶,除了人皆共知的"年年柳色,灞陵伤别"所指的灞桥、灞河这条水,白鹿(或灞陵)这道原,竟有数以百计的诗圣诗王诗魁都留了绝唱和独唱。

> 宠辱忧欢不到情,
> 任他朝市自营营。
> 独寻秋景城东去,
> 白鹿原头信马行。

这是白居易的一首七绝,是诸多以此原和原下的灞水为题的诗作中的一首,是最坦率的一首,也是最通俗易记的一首。一目了然可知白诗人在长安官场被蝇营狗苟的龌龊惹烦了,闹得腻了,倒胃口了,想呕吐了,却终于说不出口呕不出喉,或许是不屑于说或吐,干脆骑马到白鹿原头逛去。

还有什么龌龊能淹没能污脏这个以白鹿命名的原呢?断定不会有。

我在这原下的祖屋生活了两年。自己烧水沏茶。把夫人在城里擀好切碎的面条煮熟。夏日一把躺椅冬天一抱火炉。傍晚到灞河沙滩或原坡草地去散步。一觉睡到自来醒。当然,每有一个短篇小说或一篇散文写成,那种愉悦,相信比白居易纵马原上的心境差不了多少。正是原下这两年的日子,是近八年以来写作字数最多的年份,且不说优劣。

我愈加固执一点,在原下进入写作,便进入我生命运动的最佳气场。

蟋蟀国

◎流沙河

　　小鸡养一群又一群，到头来一只只果了芳邻饿狗之腹。心伤透了，烧掉竹编鸡笼，誓同羽族绝缘。这是批林批孔那年的事了。我家小园，鸡踪既灭，夏草秋花，次第丛生。金风一起，园中便有蟋蟀夜鸣。古语云："蟋蟀鸣，懒妇惊。"惊什么？惊寒衣之犹未备也。明代文人记京师童谣云："蟋蟀瞿瞿叫，宣德皇帝要。"蒲松龄据此写悲惨的蟋蟀故事入《聊斋志异》。《诗经》咏及蟋蟀，《豳风》、《唐风》两见。自此代代有之，不胜枚举。这小虫有资格竞选中华的国虫，惜乎虫格稍低于蝉，缺少蝉的高洁，而且好斗。不过好斗也属优秀品质，在那些年。倒是蝉因自高自洁，常被揪斗。有诗人回笔写那些年，说中国人被挑拨起来互相狠斗，斗得冤冤不解，如斗蟋蟀一般。妙！愈想愈妙！

　　蟋蟀一科，种类繁庶，最著名的当数油葫芦和棺材头。油葫芦长逾寸，圆头，遍体油亮，鸣声圆润如滚珠玉。棺材头短小些，方头，羽翅亦油亮，鸣声凌厉如削金属。油葫芦打架，互相抱头乱咬，咬颈，咬胸，咬腿，野蛮之至。棺材头打架，互相抵头角力，显得稍为文明，基本符合"要文斗，不要武斗"的原则。不过遇着势均力敌，双方互不退让，也兴抱头乱咬。吾乡儿童特看重棺材头，瞧不起油葫芦，呼之曰和尚头。和尚头这名称已寓有嘲谑意。和尚头确实也傻头傻脑,乱跑乱爬,毫无威仪可睹。棺材头则不然,姿态庄重,步伐稳健,沉着迎敌,从容应战。吾乡儿童所捕所养所斗,皆限于棺材头,和尚头不与焉。所谓蟋蟀,在吾乡乃指棺材头而言。特此说明。

在我家小园,蟋蟀的天敌是鸡。鸡在墙边地角搜查缝隙,啄食一切昆虫。更凶的一招是用双爪扒垃圾,扒瓦砾,扒草荄与花根,扒出虫卵就啄。鸡有耐性,不厌其烦,天天搜查天天扒,害得蟋蟀难以安身立命,难以传宗接代。批林批孔那年的暮春,多亏最后一群天敌被芳邻饿狗吃绝了,蟋蟀得以复国,夜夜欢奏"虫的音乐"于清秋的小园。

夜凉如水。疲劳一天的我,此时独坐门前石凳,摇扇驱蚊,静听小园蟋蟀的歌。忽然想起我这四十年来唱了多少歌哟。且让我算算吧。记忆中最早的一支歌《空枝树》是偎在慈母膝下,跟着她唱会的。歌曰:

> 空枝树,不开花。
>
> 北风寒,夕阳西下。
>
> 一阵阵,叫喳喳。何处喧哗?
>
> 何处喧哗? 原来是乌鸦。
>
> 乌鸦,乌鸦,你……

人的一生用这样一首歌开了头,还能有什么好命运。混到中年,自己也成了空枝树。哦,不空不空,有树冠呢,一顶右派帽子。到五六岁,跟着堂兄七哥唱会《吹泡泡》、《渔光曲》。读小学,唱《满江红》,唱抗日救亡的歌。稍大些,唱《黄河大合唱》。入初中,莫名其妙,唱《山在虚无缥缈间》。上高中,唱四十年代电影的流行歌,唱美国的歌,后来又唱《古怪歌》、《山那边好地方》、《你是灯塔》、《走！跟着毛泽东走》这一类进步歌。新中国成立后，成年了，唱五十年代光明的歌，唱朝鲜的歌，唱苏联的歌。自从有了《社会主义好》这支绝妙的歌，我就喑哑了，不再唱歌了。十多年以后，现在，我参加黑五类的夜学，奉命唱语录歌，唱"敬爱的毛主席，我们心中的红太阳"，唱"你不打，他就不倒"。四十年来，人类的歌变了多少花样，蟋蟀的歌却同我小时候听见的一模一样。这太熟稔的歌，真能唤醒童年，使我惊愕四十年如一瞬。而使我更为惊愕的是忽然想起南宋叶绍翁的这一首七绝：

> 萧萧梧叶送寒声，
> 江上秋风动客情。
> 知有儿童挑促织，
> 夜深篱落一灯明。

仿佛看见那个捉蟋蟀的儿童就是我哟！不但叶绍翁看见过我的"一灯明"，也是南宋的姜夔还看见过我本人呢？他不是在《齐天乐·蟋蟀》词内写过"笑篱落呼灯，世间儿女"的名句吗？小时候我酷爱捉蟋蟀。捉蟋蟀，在我，其乐趣远胜过斗蟋蟀(我打架总吃亏)。童年秋天傍晚，只要侦听出庭院有蟋蟀在叫，我便像掉了魂似的，吃晚饭无心，做夜课无心，非把这只蟋蟀捉入笼中不可。

此时独坐门前石凳听蟋蟀的悲歌，徒生感慨罢了，倒不如去捉，或能捉回一瞬间的童年。兴趣来了，说干就干。我锯一截竹筒，径寸，长尺，一端留竹节，一端不留。然后用自制的小刀在竹筒上刻削出密密的五条平行窄缝。一具蟋蟀笼就这样做成了。不是吹牛，我做这玩意儿真可谓驾轻就熟。我是沿着刀路走回童年去啊。

　　小儿余鲲七岁,深夜不归,在外面大院坝伙同别的小孩游戏。我去叫他回来,悄悄告诉他今夜捉蟋蟀。说是捉给他玩,其实是想让他看看爸爸捉蟋蟀的本领。此事无关父爱,读者明察。

　　夜既深矣,小园蟋蟀鸣声更响,更急、更繁。不过我很容易听出来,大多数是可笑的和尚头即油葫芦,只有三四只是我要捉的棺材头。那些和尚头求偶心太切,拼命振羽乱叫,呼唤卿卿,不肯稍歇,也不怕被人捉将笼里去。棺材头的警惕性高,闻人跫音渐近,便寂然敛了翅,保持沉默。枇杷树附近的那一只棺材头就是这样,只因为我的泡沫塑料拖鞋踩响了一片枯叶,它便不再叫。难以判明它所踞的确切位置,我只得伫立在树荫下,做雕像状,岿然不动,屏息等待。鲲鲲远远站在我的后面,高擎一盏点煤油的瓶灯,等得不耐烦了,不小心弄出声音来。我乃勃然大怒,斥责鲲鲲,挥手以示失望,转身入室,读《史记》去。鲲鲲自知犯了错误,便替我蹲在小园内,继续侦听。过了一会,探头入室,向我比手势。

　　这次不穿拖鞋,赤脚去捉。鲲鲲仍然擎灯,远远站在后面。我以半分钟一步的慢速,轻轻逼近枇杷树下。这次那家伙的鸣声变得稀疏了,显然余悸尚在。我蹲下去,双手爬行如猫,愈逼愈近。近到下颏之下,伸手便可掩捕。我向后面比手势,接过鲲鲲手中的瓶灯,向地面一照,终于看见了。这家伙,好英武!似乎有所觉察,已经暂停振羽,但双翅仍然高张着,不肯收敛。它在想等一会再唱吧?我把瓶灯轻轻放在地上,又把蟋蟀笼轻轻放在它的前面,笼口距它头部不到一寸。做这一切,我都侧着脸,不让自己呼出的气惊动它。然后我用一根细微的竹丝去挑拨它那一对灵敏的触须,使它误认为前面有来敌。一挑一拨,它立刻敛了翅,悚然而惊。再挑再拨,它便筛抖躯体,警告来敌。三挑三拨,惹得它怒火起,勇猛向前,准备打架。就这样挑拨着,引它步步追赶不存在的来敌,一直追入笼口,终于"入吾彀中"。我用玉米轴心塞了笼口,长长舒一口气,好像拾得宝贝似的,快活之至。回到室内,在灯下细细看,果然英武。这家伙头部左右两侧各有一线黑纹如眉。我与鲲鲲约定,就叫它黑眉毛。此时黑眉毛似有所醒悟,用触须到处探索。鲲鲲用竹丝挑拨,它便避开,躲到笼底一端去了,不肯出来。我说:"不要去逗它了。它在反省。"

我去小园墙边,很快又捉一只。这次是用左手擎灯,用右手掩捕的。捉回关入笼中,让这倒霉的可怜虫去惹黑眉毛。这可怜虫惊魂甫定,弹一弹须,梳一梳翅,伸一伸腿,舔一舔脚,便一路试探着,向黑眉毛所踞的笼底一端蹀去。黑眉毛正在独自生闷气,察觉后面有敌来犯,便猛地掉转身,冲杀出来。两雄相逢狭路,四条触须挥鞭乱舞,立刻抵头角力。这可怜虫哪是对手,两个回合,败下阵来,回头便逃。黑眉毛不解恨,一路猛追穷寇,不让那可怜虫喘息片刻。可怜虫向上爬,要钻缝,缝太窄,钻不出,只好仰悬在上,暂避锋芒。黑眉毛一边振羽鸣金,宣布胜利,一边继续搜寻逃敌,决不饶恕。来回搜寻两趟,发现逃敌高挂在上,便抬头去咬腿。好狠,这黑眉毛!

鲲鲲看得呆了。

"快半夜了。睡了。"我说。

翌晨,恍惚听见鲲鲲在骂:"林贼!林贼!你是林贼!"原来黑眉毛咬断了可怜虫一条腿,正在大啃大嚼,当吃早点。我赶快放两颗花生米入蟋蟀笼。这样或许能保住另一条腿吧?

于是黑眉毛改名为林贼。鲲鲲问："爸,我们给断腿取个啥名字?"我信口答:"走资。"

白天我带着鲲鲲上班去,忙于钉包装箱糊口。近来黑五类夜学,有时候上面叫我去参加,有时候上面又叫我不要去参加了,莫名其妙。所以晚上多有闲暇在家重读《史记》,浮沉在遥远的兴亡里,忽喜忽悲。又想到历史上有那么多冤屈,动辄要命,弄不好还要杀全家,能苟活如我者已是万幸,我还有什么不满足的哟。

昨夜捉蟋蟀引动了鲲鲲的兴趣,他就夜夜擎灯,自己去捉。他的本领当然赶不上我。他总是用手掌掩捕太猛,往往压断或压伤蟋蟀的一条腿,弄成"走资"或"预备走资"。关它们入笼中,徒遭"林贼"欺侮。"你不要损阴德,快把它们放了。"我多次这样告诫他。这些伤残者结果是放了又被误捉,误捉了又被开释,唱了二进宫又唱三进宫,老是缠着我们。

有一夜鲲鲲捉住一只硕大惊人的。这位胖兄鸣声炸响,我早就侦听过多次了,只因为它深藏在石砌的墙脚缝内,不好下手。也是胖兄活该倒霉,夜深跑到墙脚底下觅食。觅食你就觅食,不要闹嘛。它被佳肴美味(查系馊臭馒头半块)胀得憨了,乃大振其钢翅,拼命张扬,所以终被鲲鲲拿获,入我笼中。灯下一看,真是庞然大物。

"这回'林贼'要挨打了!"我说。

胖兄舔了脚又揉了腿,歪着脖子出神。

"爸,它为啥偏着头?"

"它在想。"

"想啥?"

"想馒头真好吃啊。"

鲲鲲用竹丝赶他向前走。赶一下,走两步。又赶一下,又走两步。不赶,它就不走。奇怪的是歪着脖子,老是歪着脖子。我已明白原因何在,深感惋惜,瞪了鲲鲲一眼,但又不愿点破。

恰好"林贼"出巡来了,太摇大摆,威风凛凛,一路挥鞭,东敲西打。几只被它咬怕了的臣仆急忙让路,停摇触须,生怕发生误会。"林贼"用鞭梢一一检验了它们的忠实程度,然后走向歪脖子胖兄,双鞭一阵乱舞,似乎在问:"前面是何虫豸?"胖兄轻轻摇须作答,大有谦谦君子之风,虽然不亢,但也不卑,恪守中庸之道。"林贼"抢步上前,摇动着口器两侧的短白须,要求对手速来抵头角力,决一雌雄。胖兄立即克己复礼,掉转身去,拒绝抵头角力,似乎在说:"非礼勿动呀非礼勿动!"依旧可笑地歪着脖子出神。

鲲鲲大失所望。

"爸,它为啥不打架?"

"孔老二嘛。"

鲲鲲不懂我的回答是什么意思,还要再问。我生气了,责备他说:"你损阴德! 你用手去掩它,扭伤了它的颈项。它不是现在还歪着脖子吗!"

"林贼"振羽鸣金,闹着要驱逐"孔老二"。"孔老二"不理它,等它逼近了,猛地弹腿向后踢它,踢得它近不了身。毕竟是个庞然大物,弹腿凌厉。

后来有同院的小孩带着余鲲到本镇食品厂去扒煤堆,捉回十五六只蟋蟀。笼太小了,养不下这么多好汉。我用两个洗干净的泡菜坛子接待它们一伙,连同接待"林贼"及其臣仆,当然还接待"孔老二"。每坛居住十只以上。两坛共有二十多只，放在室内。饲以花生、胡桃、辣椒，让它们吃得饱，养得肥，且有广阔天地可跳可跑，又不受外面强光的影响。两坛音乐，通宵伴我，妙不可言。

不妙的是，每隔几天总有一位好汉被咬成独腿的"走资"，赖我救出，抛入小园，自谋生路。蟋蟀国的虫口就这样暗中偷减。秋分以后，虫口减半，每坛只剩六七只了。我视察过，"林贼"仍然健康，"孔老二"仍然歪着脖子出神。独腿的照例被我抛入小园去。

钉包装箱的活路愈来愈忙。每日早早出晚晚归，还要加夜班，哪有闲心逗弄蟋蟀。只要听见两坛尚有音乐，我就不想亲临坛口视察。不过我能猜到，被咬成"走资"的肯定很多。

有一夜我听出两坛总共只有三只在叫，估计情况严重。翌日中午，捧着坛子到阳光下面去视察，心都凉了。第一坛内，"林贼"仍然健康，"孔老二"仍然歪着脖子出神，其余的四五只都死了。第二坛内，只有一只无名氏还活着，其余的五六只都死了。我用筷子拈出尸骸，一一观看。被咬掉腿的，被咬破腹的，被咬断颈的，都有。坛内的饲料还剩了许多，说明死者不是死于饥饿，而是活生生地被咬死的。国虫啊国虫！

"林贼"、"孔老二"、无名氏，三只强者被我关入笼中，养在枕畔。无名氏论躯体并不比"林贼"大，但它头部黄亮，与众不同。我给它取名为金冠。金冠不惹"林贼"，专找"孔老二"打架。"孔老二"瘦多了，颈伤无法复原，已成终身憾事。看来"林贼"大有希望永远健康，"孔老二"则性命危殆。

某日偶然发现"孔老二"踯躅在蟋蟀笼的中段，前有金冠的威逼，后有"林贼"的偷咬，饱受两面夹攻之苦，远胜昔年陈蔡之厄。想不到这就是我最后一次看见它了。

有一次听见笼中在吵架，我去视察。原来是金冠与"林贼"正在争吃"孔老二"的遗骸，一边啃嚼一边对骂。我将"夫子"遗骸抢救出来，以礼葬之小园内的"夫子"故居——石砌墙脚的某一条缝内，顺便也替鲲鲲忏悔一番。

　　"孔老二"既然死了，金冠与"林贼"的攻守同盟也跟着瓦解了。一笼不容二雄，它俩遂成了生冤家死对头，常常打架。有一次打架被我目击，至今不忘。谨陈述该战役始末如次。

　　金冠住在笼口一端，以玉米轴心为靠山。"林贼"住在笼底一端，以竹节为靠山。它俩各有势力范围，绝不乱住。笼的中段堆放饲料，是为中立地区，谁都可以来的。不过不能够越过饲料堆。谁越过了，谁便是入侵者，将被对方驱逐。先是金冠走到中立地区进餐，绕过辣椒，又绕过胡桃，去啃花生。花生啃出声响，"林贼"听见，便也来啃。啃了几口，觉得乏味，想去尝尝金冠后面的胡桃和辣椒，便伸出触须去同金冠打招呼，请它让路。它只顾啃花生，不作回答。"林贼"以为金冠不作回答便是同意，就贸然走上去。金冠立刻停嚼，摇动口器两侧的短白须，向"林贼"挑战。"林贼"大怒，立刻应战，一头撞了上去，同金冠头抵头，互相角力。斗了几个回合，不分胜负。忽然两雄直起身来，互相抱头乱咬，犹如疯狗一般。咬了一个回合，又忽然一齐低下头来，继续角力。"林贼"毕竟老了，体力渐渐不支，难敌金冠少年气盛，所以逐步后退。"林贼"退到笼底一端，但仍然不甘示弱。这里是它日常盘踞之所，地形熟悉，背后又有竹节做靠山，可以用双腿向后蹬着靠山，增强推力，极有利于固守。金冠虽然勇锐，也难攻垮"林贼"。相反，"林贼"倒逐步反攻过来了。就在这时候，两雄又忽然直起身来，互相咬头，咬得嚓嚓有声。金冠最后使出绝招，咬紧"林贼"的下颚,用力向后一抛,抛了三四寸远,落在饲料堆间发懵。不等"林贼"清醒过来,金冠就转身去追击。"林贼"胆怯,不敢抵抗,一路溃逃。昔日威风,竟扫地以尽矣!

"林贼"后来死了。察其遗骸,居然十分完整,不见一点啮痕,只是腹部瘪凹。以理推之,它很可能是饿死的。金冠独霸着饲料堆,不让它来进餐,它当然迟早要饿死了。

霜降以后,天气转寒。金冠从此不再夜鸣,日益憔悴。它的触须失去弹力,变拳曲了。用竹丝去挑拨,不见积极反应。它头部的黄亮已经黯然失色,不再有金冠之相了。最不妙的是它已经拒食,整天躲在玉米轴心一端,不想出巡。看来它的日子也屈指可数了。国虫啊国虫!

某日偶然瞥见芳邻的那一条饿狗在阶前晒太阳打瞌睡,我忽然想到,应该感谢它。多亏它吃绝了我的鸡群,才会有小园的那些蟋蟀。有了小园的那些蟋蟀,我才有可能去听,去捉,去养,去看它们打架,去受到启迪,去获得有趣的人生经验。到如今事隔十一年,我凭回忆写出这一篇蟋蟀国的《春秋》,如果能够骗得稿酬若干,老实说吧,也应该感谢那一条饿狗。遗憾的是,它在那年冬天就已经被屠宰,葬入芳邻肠胃中了。

1985 年 5 月 12 日

四合院

◎邓友梅

报纸上说,今后北京的城市建设,要注意保持京城特点、原有风貌了。此举令人感到高兴,但做起来不易。别的不说,连毛泽东主席都承认是北京特征的四合院,如今还剩下几处?剩下来的也被改得面目全非。少有几个完整的,又大半因无力维修,正在颓圮!

我不想做保守派,更无意复古。时代在发展,历史在前进,旧建筑物不能满足现代人的需要,要新陈代谢世界才会进步……这些道理我全懂。就是有一条还没把握:要完全没有四合院了,这儿还算北京吗?

欧洲也有个名城,叫巴黎。巴黎人在塞纳河边盖了一两组现代派超高层建筑后,越看越别扭,感到照那么干下去就没有巴黎了。于是做出决定,绝不在老城区再盖那类建筑,旧建筑毁了照样复制。维修也整旧如旧,原来砌错了一块石头,画坏了一块壁画,修复时要照样砌错画错,不准改正。要盖新建筑另找地方,巴黎还是巴黎。

如果他们的做法值得借鉴,咱北京拆四合院时也别那么手狠。新盖楼房不一定非在老建筑地盘上除旧布新。既然花钱找地方盖假大观园假荣国府,不如留下点真王府,真园子,用盖假古董的地方盖新楼。

不只是王府宅门，普通而标准的四合院，典型的小胡同，保留几处也绝不算多余。它们有存在的理由，有保留的价值。就是从经济着眼，长远看也比拆了盖宾馆上算。

四合院不只是几间房子。它是中国古人伦理、道德观念的集合体，艺术、美学思想的凝固物，是中华文化的立体结晶。不是砌几堵墙盖上个顶，就叫四合院。四合院是砖瓦石当作笔墨纸，记载了中国人传统的家族观念和生活方式。不要说整个宅院，就那个大门口便有不少讲究。

要进院子先得入门，四合院好比一本大书，这大门就是封面。人们见到一本书，都先看封面。了解一下它是谁写的，什么内容？四合院也一样，生人到此，在门前一站，上下左右一瞧，对这家主人就能知道个大概，是官宦还是商民？若是官员又是什么品级？是否王公贵族？有什么爵位？受什么封赏？从这大门上都能找到记号，看到标志。如果要进去拜访，知道这些就不致失礼露怯。从这也看出中国人对大门的重视。要不怎么说亲讲究"门当户对"、交友要问"门第如何"呢！人们还把"奇怪"叫"邪门儿"；"没有希望"叫作"门儿都没有"；老年间要是就有电视剧，那剧名绝对不会叫"爱你没商量"，八成得叫"爱你认准了这一门儿"。

要说整个的四合院太费功夫，我也没那么大学问。对四合院的研究我还刚"入门儿"，所以凑合着能介绍一下这"门儿"。要想把大门看清楚，得先把它关上。咱们站在大门之前，台阶之下，从上往下看。

北京的四合院，大多是明清建筑。多数建的是"屋宇式"正门。这种门实际是一排房子，中间开个过道。这一排是几间？房顶用的什么瓦？门上钉多少钉？却处处有讲究，事事有学问。在有皇上的时代，这些居然连皇帝都过问，并降旨实为制度。不守制度就叫"逾制"，逾制皇上是要治罪的。

这一套本是汉族统治者兴起来的，满洲皇帝入关后在这一点上则全盘汉化了。满洲八旗入关前本来是不住四合院的。民居多是"三面篱笆一面房，南北大炕生火墙"。冬天室内外温差大，窗纸糊在屋内便会被水气沤烂，屋架不高，在房梁拴根绳，吊个篮子就可做小孩的睡床。因而"东北三大怪"中有两怪是"窗户纸糊在外，养活孩子吊起来"。但在沈阳故宫却可看到，入关前皇帝的住房已开始受四合院的影响了。所以进关后全盘接受四合院建筑规制绝非偶然，顺治九年皇帝便命政府对四合院建筑的使用作了新的规定。按这个规定，亲王府正门是一溜七间。其中有三间开门，上盖用绿琉璃瓦，每门金钉六十有三。世子府减亲王七分之二，也就是五间。到贝勒就只能是正门三间。启门一间了。这几间门房上边用大屋脊，设吻，脊上有仙人走兽（就是房顶四角上那一溜小人小兽，建筑业的行话管那叫"走投无路"！因为最前边骑凤鸟的仙人位置在房顶的四角尖上，前边就是空中，没一点前进余地了。）

这是王府，贝勒贝子府的规制。普通百姓，一般官家没这份威风。大门用房别说七开间、五开间，连三开间也不允许。归里包堆只准用一间房。更没资格用琉璃瓦。不过不用担心，以为这么一来其他那些大门口就没了讲究缺少看头。不，这些四合院才是大多数。既有官民也有民宅。中国人是不会不想办法在划定的跑道中跑出花样来的。官有大小，就要表示出不同的等级，民分贫富，也得区别出不同身份。这就创造出了四合院中使用最为广泛、变化最为多样的"广亮大门"。

住

一开间的面积,若直不笼统就在中间开个门,那不仅没看头,许多象征性的装饰也无法安排。建筑师们就从门两边想办法。既然是一开间,两侧最边上必定是山墙。就叫这两座山墙向外扩张,伸出两根柱子样的墙腿来像两边的镜框,正面的墙体缩在后边就像是镜面。制度只规定一开间的宽度,可没限制深度。那就在前后方打主意,门框立在屋子中线脊檩之下。门外有足够"余地"。再把地基垫高,使整个大门的地面高出门前街道。大门与街道之间,用层次鲜明、等级繁复的石头台阶联系起来。里边人出来在门口一站,有居高临下之势,外人要进门,有步步登高之感。这一来就透着点高贵、威严。但是,光这还不够。还不知道这宅门里是当官家的还是民户。为此在大门以上,顶瓦之下跟房檐挨有两件装饰物叫作"雀替"和"三幅云"。这两件东西本是本结构的部件之一,中国建筑家巧妙地把它变化成了房屋的肩章和军衔。只要看一眼有它没有,就知道是不是官家。如果有,再看一看颜色花样,便分出是几品几级了。而这两样装饰物之下,紧挨着就是叫作走马板的地方。那地方恰好是一块横宽竖短的长方形空地,就给挂匾创造了条件。要是状元府,就挂一块"状元及第"的四字匾。若是进士出身就挂上"进士第"三字额。即使是举人出身也可以悬上"文魁"两个大字。做过外任地方官少不了当地绅商送的"爱民如子"、"清廉方正"等颂德匾,这些就分悬在正匾的左右。

如果没有雀替、三幅云,不用说那是民家。对民家来说这走马板所挂的匾额就更为重要。我上小学时和同学打闹,从课桌上掉下来摔坏了臂骨。家人带我到一位著名的正骨大夫家诊治。进了那条胡同,家家都是大宅门。正不知如何打听正骨大夫住的是哪一号,我有位舅舅有学问,就挨门看匾。写"热心教育"的是位某学校校董,写"陶朱遗风"的是绸缎庄东家,直到找着写"妙手回春"、"是乃仁术"他才大胆地去敲门。果然就是医生的住所。也有没匾额的,没关系,人们不会叫那块走马板白闲着,画幅彩绘一样能透出富贵吉祥气氛。

再往下这才是安门框的地方。

七开间者启五门,五开间的中间三间开门,这都既好办也好看。较难办的是一开间。若整面墙全敞开就安两扇门,空空荡荡一览无余,未免粗俗简陋。中国人不会露这个空子的。办法是只在中心留个门口,门口高低宽窄以可以使轿车通行为度。多余的部分,门口上下左右全用木板镶嵌填补起来。上边那块是走马板,刚才说了正好挂匾额。左右则做边框,既可以漆成朱红、墨绿等色,也可以在框心画画,成为门口装饰的一部分。而下边则是一块可装可卸的高门槛,在车通行时把它拔出来,车过后再把它镶上。而中心才是钉了木钉的两扇大门。

大门既要安得稳当,又得开头灵活,这上下两个"轴承"才是真正的"关键"。四合院的这两个轴承都有专门的设计。上边一对叫门簪。成长方形从门框左右上角伸出来,把门框、联楹联成一体。里边中间掏个洞正好把门的上轴插入。而外边一头从门上两侧伸出来像两根触角。头部正好雕刻成各种花样作为装饰,常见有四季花草,有"吉祥如意"等字幅,有的干脆就一个大福字大寿字。下边一对轴承因为托着门扇承重,则用石制。这石头长长的像枕头,故称门枕石。里边一半简单,只在平面上打出两个窝放置门轴就行,而伸到外边的一半则要大做文章。可以雕成石狮,也可以做成抱鼓。不论狮子还是抱鼓石都有多种样式,与它前边的石头台阶配合起来组成一个石雕群体。

这中心部位经过匠心巧运,装修得多彩多姿,相对之下那两边的山墙腿子又显得粗陋寒碜了。中国人办事讲究的是完美周到,九十九拜都拜了不能闪下这一哆嗦。于是这两边山墙上也做出学问来。

最上边挨着瓦檐处,高高在上最为显眼,恰是砖雕艺术显能的地方,因而多做立体浮雕。花样有多种,既有动物浮雕(工人称为会喘气儿的),也有花卉蕃草。下边还要做上盘头等线脚,最下边多半用做一个小花篮为这一组花雕垫底。因为是大门,人们不光能看见正面,而且能从两侧看到侧面,这侧面也不能马虎了事。于是也用砖雕出柿子、如意、万字等花样,并带有"事事如意"、"万事如意"的祝愿。

看到这算完了吗?还没有。您看完了门的正脸,难保不回身瞧瞧身后,再不然由远处走来,你会左顾右盼。既看了大门本身,绝不会不瞧瞧它的对面。门前大街两侧是一个建筑单元,一个艺术空间。大门修得再好,对面乱七八糟也不成体统,也造不成完整的艺术形象。

大门对面作为陪衬和对应的建筑物就是影壁。

这院外的影壁是段独立的墙壁。有一字形与八字形两种。不论哪种,上边都要起脊,其作法与屋顶一样。下边则要建须弥座或碱墙。

影壁的要点是影壁心,影壁心有硬心与软心之分。硬心要用斧刃方砖磨砖对缝斜砌而成,四周及中间可以加上各种雕饰花样。按雕饰花样多少而分,又可分作中心四岔带三层檐、中心四岔带柱枋、中心带雕砖匾牌等等多种。而中心雕砖的中间又有钩子莲、凤凰牡丹、荷叶莲花、松竹梅岁寒三友等等花色。有柱枋的柱顶上头要做瓶形花样，须弥座 L 也需雕有花草饰物。而匾牌上则必用"鸿喜"、"迎祥"、"迪吉"、"戬毂"等词句。

　　说到这儿，就不妨闭上眼设想一下：您因事初次拜访一户人家。顺着胡同由远而近走过来，迎面看见这一家宅门，左边是八字形又高又大的影壁，影壁顶上是黑色筒瓦元宝脊，影壁下面是汉白玉的须弥座。影壁四边是雕的万字不到头的边框，往里又是砖雕梅兰竹菊花卉。影壁中心砖雕匾牌大书"戬毂"二字。往右看好大一个门楼，门楼顶上起脊，屋角却没有仙人走兽。便知道这一户不是王府贝勒。可是往下一看，房檐下却是彩画的雀巢，三幅云紧挨着走马板上悬挂的匾额，黑匾金字上写的是"化被草木"、"勤政爱民"，便知也绝不是百姓，而是这位官员的府邸了。再往下看，果然乌漆大门上兽关门环，门环旁漆书门对。上联写"诗书继世"，下联对"忠厚传家"。门框两侧楹联用的是"书为至宝一生用，心作良田万世耕"，便进一步知道这是位科举出身的文官。门上方两侧伸出精雕彩绘的门簪，门簪上刻着"吉祥如意"，门下边两边石狮把门，汉白玉石阶一直辅到当街。街边又有上马石拴马桩。大门两侧凸出的山墙腿子磨砖对缝，上下都有雕花。两个墙腿子之间，门前顶棚之下一溜悬挂着四盏皮灯。置身于此，必然被一种庄重、高雅的气氛所感染。然后才带着谦恭的态度走上石阶扣响门环。

　　您也许以为大门这一部分已经观赏完毕，可以入门了，等门内一阵响动，大门洞开，这时您才发现看了半天才只看完一半，原来大门是安在脊檩之下的，恰好是门楼的正中间，大门之内还有一半。里边那一半比外边更辉煌、更多彩。同是一个屋顶，大门外边一半是天花，大门以里则是吊顶；两侧墙面被梁柱隔成了数块大小不等的长方形墙面。每块都以其形状做成浮雕或彩画，块小的可以雕刻花鸟竹石，块大的可以画人物故事。"松下问童子"、"渔樵耕读"、"钟子期听琴"，有情有景，百观不厌。靠近山墙顶部的那块三角墙面，被梁柱割得块更小了，人们称作"五花象眼"，则干脆用黑白两种灰连刻带塑做出半立体的图案或图画来。山墙下边沿着东西各放一条春凳。越过春凳往里看，迎着大门却又立着了一面影壁，影壁前树着假山石，种了碧桃、海棠。东西两边又各有一道矮墙，墙中各开了一个月亮门洞。月亮门洞中是绿色大漆酒金粉的屏门……到这为止，你才算看见"大门"这一组艺术空间的全部。但也只是看到了大门，至于四合院里边是什么样，还没看见，那是入门以后的事。咱看了半天，编辑给的时间已经用完，还没"入门"呢！

　　由此可以相信，四合院确实是中国人在建筑艺术上的一大创造，对世界文化的一大贡献，称得上是一门学问。要叫它消失在咱们手里，对祖宗对后人都不好交代。所以我拥护有关部门的主张，有选择有计划地抢救保留部分四合院。愿文化界的朋友，为保持北京独有面貌多做点呼吁、游说工作。一个没有城墙的北京城已经成为世界的遗憾了，别再叫北京成为没有四合院的北京。

搬家

◎王安忆

　　最早，我们家是住在淮海中路的。过去，这是法租界中最富贵而上等的马路。最早叫宝昌路，宝昌是法公董局中的一位法籍董事。开辟此路时，他正荣任总董。1914 年，欧洲大战爆发，在 1885 年曾来过上海的霞飞，此时荣任法国东路军总司令，玛纳一战挽救了法国的危亡。宝昌路便改名为霞飞路。欧战终了，霞飞上将于 1922 年来上海观光，据说当时霞飞路上好一番盛况。

　　我们家住在淮海中路最繁华的一段，我们弄堂的左右有着益民百货商店、百乐照相馆、长春食品商店、大方绸布商店、世界皮鞋店、上海西餐馆、凤凰食品商店、新世界服装商店——这里的服装，可说领导着上海服装时代新潮流。再拐个弯，便是锦江饭店，那一条林荫道，奇迹般地在这拥挤的闹市铺下了一路宁静。弄堂口是一个小学，我的母校。前边是一大片街道花园。弄堂直对着思南路，路口是一个有着自动售票机的邮局——多年以后，我到一个家住虹口区的朋友处玩，她郑重其事地带我去她家附近的邮局参观新装置的自动售票机。这时候，我才明白，那自动售票机并非与生俱来，也明白小小一个上海之中的偌大距离。

　　我们家住在这条弄堂里。这条弄堂有前后两排房子，总共是十幢。多年以后,我会看房票了,才明白这种房子叫新式里弄房子,规格是钢窗、蜡地。每幢房子还有一个不大不小的花园。房子并不旧,却已经不太坚固了。地板松动,楼上走路稍放肆一些,楼下天花板便会震落一片石灰。这里十分潮湿,一种名叫"粘粘噜"的动物十分猖獗,到处乱爬,所经之路,都留下一条银色的黏液;有一次,竟爬到了我的枕头上,还有一次,竟爬到了隔壁阿娘的酱碗里。后来,听一位无所不知的朋友说,造这条弄堂的时候已临近解放,那老板听得了风声,便偷工减料,敷衍了事,于是留下了这许多后遗症。

这里的居民深居简出,连小孩子都不轻易在弄堂里露面。弄堂很宁静。

弄堂的头一号是个派出所,它给了我们安全感,这里从来没有发生过任何偷盗抢劫。当这派出所迁址之后,便立即有一个小偷来偷我家保姆晾在院子里的一块布料。不过,派出所还给我们这宁静的弄堂带来了热闹。有一次,派出所里送来一个被遗弃的孩子,一岁多的模样,瘦得三根筋挑着一个头,一丝不挂地坐在警察的办公桌上,一根接一根地吃着一个老太太给他的刀豆。派出所里有一个大块头警察,喜欢和小孩子开玩笑,那年大炼钢铁,派出所也在弄堂里砌了个炼钢炉。至今还记得"大块头"被炉火映红的脸膛。

就在那年,将我们的铁窗铁门都拆去炼钢了,还将弄堂里的一堵墙拆了,于是,我们的弄堂便与隔壁的弄堂相通了。

从那弄堂里传来许多故事,那是与我们的故事很不一样的故事!自然灾害的那年,一对夫妻为了几张肉票吵起来,那女人夜里上吊自杀了,据说她的舌头拖出很长。那弄堂里有一个神经病人,大家都叫他"皮带"。他终年穿一件大棉袍子,剃个光头。嘴里总是念念有词,据说是在念俄语。他有一口流利的俄语,并且,似乎,有人说,他的名字并不是"皮带",而是一个外国名字,"彼得"。他原本是大学生,功课极好,后来不知怎么发了疯,现在就住在楼梯下的三角间里。那弄堂对于我们,始终有一种神秘而恐怖的气氛。夜里,我从不敢单独一个人走过弄堂回家。有一次学校里搞活动,很晚才回来。其实爸爸早已在弄堂口等着了,可就在我进弄堂的这一瞬间,他忽然进了公共厕所。我一走进黑暗的弄堂便不由自主地尖叫起来。那凄厉的叫声惊动四邻,一整条弄堂都骚动起来了。

那弄堂的孩子喜欢来我们弄堂玩,因为他们那里太拥挤,太狭窄,人却多,远远望过去,总是有满满的人在那里活动。男孩子总是来踢球,哇啦哇啦地喊着。而球总是容易踢进我们的院子,他们便爬上墙头,先看看。见没人就跳了下来,把球拾起来,再爬出去。拾球的时候,免不了要伸头探脑东张西望一番。我想,我们的生活对于他们也同样是神秘的。有一次,家里没人,只有我一个人躺在床上午睡,一个小男孩便推门进来了。看到沙发上有许多小书,他便坐下来看书。我叫他出去,他说:"等一等,让我再看一本。"而我却如临大敌似地大叫起来。尖叫声把楼上的阿婆、隔壁的阿娘都引来了,最后大家合力把他撵了出去。

似乎是在那一堵墙拆除的第一天起,我们谁都还没有认识谁,却已经有个芥蒂。他们骂我们"小阿飞""嗲妹妹",而我们背地里统称他们为"野蛮小鬼"。在自己的弄堂里,我们不怕他们,我家保姆对付他们的武器是一杆长长的晾竿。但一出自己的弄堂,我们就不行了,常常在他们的呐喊追击下溃逃回来。

住

　　那弄堂的女孩子也爱来玩,她们玩的是另一种花样:翻跟头、竖蜻蜓、劈叉、跳鞍马,那鞍马自然是由人弯下腰做成的。她们的头是一个秀丽的女孩子,在区少年业余体校的体操班,还是学校舞蹈队的。因此就把所受到的一切训练毫无保留地传授给伙伴们了,并且在这里排练各种舞蹈。我们压抑不住好奇心,站在三楼的阳台上看。三楼有一个和我差不多大的女孩子,是我唯一的玩伴。看着她们热火朝天地玩,心中又是羡慕又是妒忌。要知道,我们时常在三楼跳舞。乱跳,想到哪跳到哪。虽没有正规的训练,倒都是即兴的,根据收音机里的音乐。颇接近邓肯的现代舞精神。只是楼下的一位颇有名气的音乐家遭了殃,他的天花板总是不停地往下落石灰。他终于忍不住,把我们叫下去,教育了一番,要求我们不要再影响他工作。他一点都不明白,我们的事业和他的工作实际上是一致的。面对着这群弄堂艺术家,我们的舞蹈显然显出了不正规。心里妒忌得难言,终于有一天,下楼去,走过我家的院子,打开大门,去争夺地盘了。"我们要跳橡皮筋。"我们说。

　　后来,搞"文化大革命"了,经过一段很复杂的日子。我们彼此终于认识了,互相的好奇心终于得到了满足。尤其是那个会跳舞的女孩子,终于得以来我们家做客,自然是在父母都不在家的日子里。她把他们弄堂里的种种事情讲给我们听,还教我们跳舞。我们的舞蹈终于走了规范化的道路,不过,那劈叉是再也劈不下去了。

　　这些年间,我们家的人口有了增进。爸爸从南京调回了上海,又有了小弟弟。原先的一大一小两个房间便拥挤起来。1974年秋天,我们搬家了。离开了这条我们住了十九年的弄堂。据妈妈说,我们住进这里时,我一岁,搬走时,我正满二十岁。

我们从淮海中路搬到了愚园路。

愚园路在淮海中路的西边。很久以前,据说人们都称愚园路是上海精华之所在,甲第连天,尽是钟鸣鼎食之家。可是"八一三"之后,便渐渐没落,而法租界一带,则兴旺了起来。

我们家所在的愚园路是在靠近静安寺的那一段。静安寺也可算是上海一大古迹。俗话说,南有龙华寺,北有静安寺,都是千年上下的古刹。很久很久以前,寺前还有一条浜,名叫芦蒲沸井浜,这浜有一个传说。说是宋代有个和尚名叫智俨,在浜前遇到一个卖虾人,智俨和尚向他讨了一斗虾,说日后付账。然后便和着浜里的水将虾吞了下去。不曾想日后,他仍没钱付账,便对那卖虾人说:"我付不出钱,还你虾罢了。"说着便喝下水,吐出了活虾。那吐出来的却是无芒虾了。自此以后,这条浜里竟是无芒虾了。后来,民国八年,工部局把这浜填了,无芒虾便绝了迹。不过,静安寺依然安在,每年四月初八浴佛日,静安寺尤其热闹,各处小贩,设着摊头在寺的附近,来赶临时的营业。家用物品,铁木农具,应有尽有,最多的是素食摊和香火摊。

而到了我们搬往静安寺附近以后,那静安寺早已关了山门,门口挂着某某办事处的木牌,偶尔开了半扇门,只见里面人影绰绰,鬈发,革履,说说笑笑,不像吃斋的人。寺边不远处,便有一个鲜肉店铺。

不过,静安寺依然是热闹的。老大房点心店,老松盛酒家,绿村酒家。交通尤其便利,许多许多条汽车线路伸向这里,实在是上海的中心。然而,总觉着静安寺有点土俗,像是比淮海中路落后了数十年,尽管这里的邮局也有自动售票机。

偶尔回老房子看望老邻居,才发现,淮海中路的女孩子穿着打扮,走路行动,都有了一种非凡的风度,似乎连长相都不同寻常。

我们的弄堂是一条很大的弄堂,有一百多号门牌,一头通南京西路,一头通愚园路,倒是闹中取静,得着两样便利。房子的规格要比我们的老房子低一档:木门木窗,单开间,前边一个大房间,后边一个亭子间,亭子间的后窗对着一方阴冷潮湿的天井。后来去参观鲁迅先生大陆新村的故居,发现鲁迅先生的房子和我们的房子格式一模一样的。这房子据说是在抗战以前造的,有年头了,却仍然十分结实、坚固。地板很稳当,走在上面很踏实。因此,虽不是蜡地,我们也打起了地板蜡。居住比在淮海中路改善多了。

我们住二楼。三楼是一对老夫妻带着三个儿女生活,后来,他们和别人调换了房子,搬走了:因为小女儿要结婚,不得已将三间大的调成四间小的。一楼住着一个老太太,儿女都在外地,只有一个小儿子在上海,结婚后住在了女家。不久,儿子想办法把女方的房子和他这里的房子调到了一处。他母亲已到了朝不保夕的年纪,一旦去了,那房子便难说了。他这么做是极策略的。只是老太太搬走时洒了好几回泪,她在这里住熟了。左邻右舍时常为她做事,她是极不愿意搬的。他们走了,搬进了另一家人,他们是因为几个儿子要结婚,将一处调为了两处。他家儿子时常悼念失去了的老房子,那是一处花园洋房,只是小了一些,没法子。这里,前前后后,上上下下,充满了房子的困扰。每家的小院子和晒台,都搞了违章建筑。时常有兄弟姐妹为了房子争吵不休。这里,是要比淮海中路那弄堂嘈杂得多的。

在我们这排房子尽头有一家人家，兄弟姐妹时常吵架，一吵便吵出了房间，吵到弄堂里来，声势极大。而他家老父亲中风去世，家里倒是平静得很，无声无息地办了丧事，为老人送了终。想想也是正常，生本是喧闹而热情的，死则是安宁。

另一个门牌里，上下住了五户人家，为了厨房，为了厕所，为了走道，为了水，也是吵，因为吵不出个结果，谁都不愿付那水费，叫自来水公司停了水。一户人家决定退出战争，不再使用任何水管，自家在院子里打了一口机井，另一户人家自己装了水龙头，安装了小水表，以此划清界线。可是界线是难以分清的，没有太平多久，传言也纷纷起来：有说是那机井直接通水管子，有说是那小水表从来不走。

我们的紧隔壁那家人，一家数口，挤挤地住了一屋。楼梯口的五平方小间，住着他们从外地回来长期病休的儿子。父母辛辛苦苦将他培养上了大学，而后又毕业，终于能解脱了，不料却双目失明。我的小屋正好和他的小间隔着墙。我常常把耳朵贴在墙上，妄想听出一点什么。我对墙那边充满了好奇，全力窥探着那儿的动静。可是什么声音都没有。只有一次，朦朦胧胧的有收音机的声音，他在听收音机？一直到他们一家终于搬走，我也没有看到过这位双目失明的大学生。只听保姆说，他比他所有的弟妹都清秀。

在我们家大房间的窗户前，有一家人，除了冬天以外，他们的活动都是在弄堂里进行的。早早地起来坐在弄堂里大声聊天，呵责孩子，拣菜，烧饭。吵得人也只得陪他们早早地起床。

在我们家亭子间的窗户对面，有一个少年要考大学，曾对着我外甥扬拳头呵斥："你再吵，我打死你。"房子与房子之间狭狭的只有几米,窗对窗可以聊天,何况孩子大声地吵闹。后来,据说他考上了大学,心里也觉得安慰了一些。

在前前后后的吵闹难得停息了一会儿的时候,便可以听得一阵钢琴声,钢琴弹得不好,总是弹一支《献给爱丽丝》,或是《土耳其进行曲》的头一段。

通南京西路那一头,旁边有一个弄堂,有一天偶尔走了进去,真正大吃一惊,不料里面是这样深长,别有洞天。不再像是城市,而是一个村庄。房屋全是不规则的自家屋,歪歪斜斜,倒也收拾得干净,有的在门口安装了水斗,有的种了花草,有的屋顶上竖着电视天线,有的小院子用砖瓦垒出花边似的矮墙。墙根坐着晒太阳的老太太。有个好朋友住在这弄堂里,她告诉我:"你们弄堂里有个女孩子嫁到了我们这里,很是哗然了一阵。那女孩子倒是十分能干,在我们这里生活得很好。"

若干年以后,我们姐妹长大了,结婚生子,房子又拥挤起来。最近,终于增配得一小套,让我分出去自立门户,我这盆水算是彻底泼出来了。屈指一算,从搬来到搬走,我在这里整整住了十年。搬走的时候,弄堂对面的乌鲁木齐路上,上海宾馆已经落成,宾馆前的马路拓宽了,也将像锦江饭店周围那样铺陈开来。对面是一个网球场,网球是时髦得还来不及普及的运动,因此便时常有一些穿着十分欧化的男女青年挟着网球拍走动,为这里增添了一些现代化的气息。而静安寺前,则挂起了另一块牌子:静安寺修复委员会。

我顺着愚园路向西挺进了。这是一幢新建的工房,鹤立鸡群似地矗立在一片平房之中。住惯老房子的人,都是不屑于住新工房的。水泥地,天花板矮,所有的房间,全锁在一个小小的平面上。对于我们年轻人,却合适。麻雀虽小,五脏俱全,独门独户,倒也乐意。不少房客,不畏艰难地装修成拼花地板,再贴上墙布,钉上画镜线,就不再像是工房了。

我们的新工房,在一条弄堂深处。这条弄堂名曰弄堂,实质上已是一条不大不小的马路了。弄堂两边大都是自家的私房,有的是矮矮的平房,有的是同样矮矮的两层楼房,还有的已经经过了翻造,样式便新颖多了,有着雕花栏杆的阳台,有的窗户做出方圆不一的花色。弄堂两端,各有一家工厂,其中一家已在搬迁,迁厂的起重机、大卡车,把路面压得坑坑洼洼。一下雨,便积起无数个深浅不一的水塘。因此,人们多是避免走这条路,设法从另一条弄堂穿过。那条弄堂又干净又宽敞,唯一的缺点是要经过中心医院的太平间,令人毛骨悚然。到了夜间,便再不敢从这里走了。迁走这厂,空下地皮,是准备造新工房的。边上,已开辟出一块工地,堆着建筑材料:砖、石、黄砂。当我们装修房子时曾动过那黄砂的脑筋。新工房交到房客手里,实质只是毛坯房。墙、地全要自己找工人做的。装修完一套房子后,我的感觉是造了一套房子。做地坪,需要用黄砂拌水泥,建筑材料商店倒是有黄砂卖,只不过要以吨为单位地出售,而我们只需要几小桶。于是便想走过那工地时捎点来,无奈那里盖了个守料的小窝棚,电灯通夜点着,两个工人轮流看守,实在无从下手,才绝了念头。

我们的新工房很奇怪地伫立在公共厕所后边,一共六层,每层五套,每套有阳台,有厕所,却没有厨房,过道便权充厨房了。后来听说,那设计师也动足了脑筋,本来只打算在每层造四套的,后来,硬是挤出了五套,自然,那厨房是没了。听到这里,大家便不再埋怨,假如是四家而不是五家,谁知道是谁轮不上住这房子呢?

房子正对面就是公用电话间,一共有两只电话,一是专供打进来,另一只供打出去,不免有点紧张。看电话的是个退休老工人,负责得要命,只要有一个人等着了;他便开始催那个正打着的人:"抓紧点啊! 快点啊! 公用电话,大家打打啊!"搞得人心慌意乱,再也打不下去。

隔壁是一家知青办的油条铺子,几乎全是女孩子,手脚利落,干干净净,炸的油条又大又松,上午是油条面饼,下午是麻花。顾客均是这弄堂里的居民,彼此热切地打着招呼。有小孩子来买,她们会帮着把油条淋干了拣到篮子或锅子里;假如没带家什,她们会帮着把滚热的油条裹在面饼里,裹得熨帖得很。每天一早,这里就排起了队,在这支队伍的不远处,还有一支队伍,排在公共厕所门前。

弄堂尽头是老虎灶,早上四点到晚上九点,常常没有人在,门开着,灶里的水滚开着,灶台上放着盛水牌的盆子,自己打水,自己付钱,付多了再自己从盆子里拿找头。一派信任,倒叫人不好意思要滑头了。

弄堂里的岔口很多,每一个岔口都通向一个意外的所在。我们房子对面的岔口,通到了一条街,那里有米店和酱油店。丈夫去买了几回米和油盐,那老头便与他搭讪起来,有一次请他喝感冒冲剂,有一次告诫他不要买那零售的辣酱油,一点不怕少做了生意,另有一次,在路上碰到,竟像熟人一样打起了招呼。走过米店,又能走到一个菜场,那拐弯处,总有一个摇着轮椅的年轻人在太阳下看书,像一个路标似的。

一天晚上,我们摸索着走一条从没走过的岔路,这条岔路上的房屋都十分破烂,路灯也昏暗。而独有一个窗口,里面织着五彩的灯泡,灿烂地一闪一闪,还有摇曳的红蜡烛,将这扇小小的窗映得红彤彤,喜洋洋,窗上贴着双喜。那缤纷璀璨的窗口,使那一街的破旧房子都明亮了起来。后来,白天的时候,我想再去找这一条岔路,却再没找到这个瑰丽的窗口。都是矮破而窄小的房屋,门口晾着洗好的衣服,衣服是鲜艳而摩登的。有的屋开着门,门里有一个穿扮时髦,袅袅婷婷的女孩子,像春光一样,充满了这破旧的房子。叫人看了高兴,又有点不忍。

老虎灶边有一个岔口,可以通向江苏路。有一日早上,我走过那里去买菜,见一个小青年正在装修房子,把自家的临街房屋改装成店面。下午又一次走过那里去买电影票,见那小店已经初具规模,是一个小小的照相馆。晚上,去看电影,再一次经过,照相馆已经装饰一新,门口挂起了营业的牌子,明天就开业,上午九点至下午七点。旁边是宣传海报:内有意大利城堡等各种布景,备有戏装、武术用具,可拍摄各种艺术照片。江苏路上就此多了一个照相馆。

新工房周围既是喧闹的,又是僻静的。两站路方圆以内没有一家电影院和戏院。而在弄堂口,却有一支"阿西乐队"。几个小伙子,弹着吉他,拉着小提琴,打着沙球,唱起了流行歌曲。唱得很不俗,自然,新奇而有感情,陪衬着四下里打扑克和宵凉的人们,分外显出了青春和活力。因为看过日本电影《阿西门的街》,私下里我就把他们叫做"阿西乐队"。后来,到了冬天,有一次我看见他们站在凛冽的寒风里,抖索着:"上哪儿去呢?""去厂里吧?""恐怕已经关门了。""上哪儿去呢?""那上哪儿去呢?"心里不由一阵难过。如今春暖了,我盼望能在街口看到他们,听到他们的歌声。

这里的夜晚,很宁静,人们早早就关了灯,似乎仍然是日出而作,日落而息。黑影地里,常常有一对对男女青年在恋爱,不知从哪儿散步过来的。这是个谈情说爱的好地方,光线幽暗而隐蔽处多。远远的,工地那里有一盏灯光照着砖、水泥、黄砂。

　　据说,这里将要全部拆迁,造起两排新工房。我们的新工房是头一幢了,撞入到这乡村似的弄堂里来。这里的居民对我们还不习惯,走进走出,总有许多探询的眼光。我们也不习惯他们。慢慢来吧！慢慢的,就会好的。

　　两次搬家,一次比一次远地离开了市中心,一次比一次近地伸向了城市的边缘。离开住熟惯了的市中心,未免有点遗憾。然而不管怎么说,想想过去居住的局促,如今是阔绰多了,也就不必遗憾了。再说,还有那更边缘的地方呢;并且那边缘是不断往外扩着推着。据说,在那边缘的地方管我们这里叫"上海",似乎他们并不是在上海。不过想想也没什么奇怪,上海本是由一块不是上海的地方变作的。

与瓦有关

◎费振钟

与瓦有关的，首先是一只猫。

我们居住的瓦房，深夜总有踏瓦而行的响声。那是一只猫在无比轻捷地走动。由于这只猫，我们经常夜不成眠。

我们不知道这只猫行走在瓦上的目的。它是经过，还是巡视？是工作，还是闲逛？不论怎样，一只猫的行动应该与我们无关。可是这只猫自从进入我们的听觉以后，不是它与我们有关，而是我们与它有关了。我们就在它脚底下，它的步行穿越了瓦片，发出空明之声。我们的听觉也许一开始并不太灵敏，但当我们从白天的尘嚣进入黑夜的宁静之中时，正是这只猫提高了我们的听力。它使我们成为喜爱聆听并且有着细腻的分辨能力的人。同时也使我们成为最奇怪的失眠者，成为幻想某种遭遇的人。

还是说这只猫吧。我们想象它在瓦上的行走，是三月江南的春天。三月，所有的东西都在深夜生长。这时候，一只夜行的猫，带了生长的消息，它使我们感到了喜悦振奋，又感到惆怅和压抑。这时候，我们在深夜里失眠了。我们困守在低低的屋中，或者小小的阁楼里，已经很久了。我们的生命在白天老是蜷曲于一种姿态，也许只有在黑夜中，生命才有机会行动，才会改变。那么就让我们随同这只猫悄悄行走在夜风里

住

吧。我们像夜猫一样，有一点诡秘，有一点心怀叵测，却又有一种人的小心和惊惧。我们看不清暗夜中究竟有什么与我们有千丝万缕的联系，我们不奢望遭逢奇迹，只想让自己的生命能够得到一些自由，如同土壤里的虫子们借着夜的力量，钻出来舒畅地呼吸一下天空的气息；我们也无法确定目标，因为我们还是身不由己。假如这只引着我们行走的猫可以像巫师一样带着我们，那么我们不会拒绝去任何遥远的地方。但我们更愿意在屋顶上跃动，让身体学会轻灵，在屋顶上徘徊，让身体应和万物的节奏和旋律然后翩然而舞。这样，我们在三月江南的春天将自己无眠的身体放逐了，我们因为放逐，而在暗夜里开放如一束闪电，如一朵白色的玫瑰。

与瓦有关的，接着是夏天的雨。

我们在春天里接受了生长，但那只猫后来再无踪影。后来，雨季来临了。雨季的第一声雨点，非常响亮。它不是滴落，而是从高处往下的一声敲击，敲击在青瓦上面，发出类似于金属的声音。我们仍然居住在瓦屋里，与雨季为伍是我们另一个持续多年的心愿。自我们听到第一声雨点以后，整个季节里我们的内心就被恚然而来的雨水涨满了。

江南的雨是太多，太深长了。它需要什么来承接，才能够留住，而不至于散失于旷野和河沟？当然是瓦，是我们屋上排列成盆的瓦。那些瓦垄和瓦当，全都为了承接雨水而设。由它们构成的每一种角度和弧度，都标明了雨季每天的流程和形态。我们长日坐在屋檐下，看涓涓细流垂线般下落，或者看水柱如吐如泻，我们对雨季的看法是如此逼近，如此亲切，感觉就像从我们的身体我们的肌肤上湿漉漉地流过，而我们自然成了雨季的一部分。

或者，我们亦是那片瓦。我们被安置在众多瓦片之中，仰面等候雨季。我们需要雨水，就像泥土一样，有雨水才能润湿，才能饱满，才能孕育和收获。瓦片是泥土做的，我们原本属于土。由于雨季，我们将还原为泥土的特性。

与瓦有关的，还有瓦楞花。

瓦楞花是植物吗？它让我们怀疑是泥土开出来的花。我们在整个秋季都在观察这与泥土的颜色完全一致的瓦楞花从何而来，可我们的眼睛有时候所见有限，我们看不见种子怎样凌虚而至，怎样落入两片瓦之间萌芽生根。那么，这些灰黑的鳞状花冠，如此迅速覆盖了我们的屋顶，难道只为了说明雨季的雨水太过旺盛？这就是说，我们关心瓦楞花生长的原因，而不是关心瓦楞花的生长本身？这个秋季，我们坐在天井里，抬头是一片泥土般的瓦楞花，我们的神色严肃凝重，思考着这种植物的全部含义。我们因无知而感动。

而晚秋的风，开始从瓦上掠过，瓦楞花微微的惊悸，居然惹起了我们同样的却更深的悸动。那一瞬间引起的竟是苍凉和悲伤，说不上是为瓦楞花，还是为我们自己。不必说，我们的家族生活太长，我们的房屋居住得太久，好像都有几朝几代了，本来就有种抹不去的岁月萧条的痕迹，怎么禁得起这西风夕阳下瓦楞花的憔悴，点缀得更加零落了。我们虽然还不知道没落是什么样的人才会产生的心情，然而"别有忧愁暗恨生"，倒也不必因人而异。我们面对秋风中的瓦楞花，有同样的没落感袭上心头，哪怕与我们的年龄和身份，是如此不相称。我们是不是在人生刚刚开始时，已经过分颓唐呢？

无论怎么说，瓦楞花作为一种泥土般的植物，留在了我们的屋顶上。它是我们家族衰败历史最触目的象征，毫不留情地勾起我们长长的,长长的人生慨叹。

　　与瓦有关的,还有预期而至的一场雪。

　　就在我们因感伤而忧郁孤清时,一场雪,无疑是温暖的抚慰。

　　这是江南的雪啊,它无声无息地落到我们的瓦房上,当时我们正在子夜的睡意之中。我们的母亲,推醒了我们。她说,听听,飘雪花了。

　　这才想起,原来我们与雪早有约定。我们愿意有一场雪,软软的,柔柔的,温湿的,润润的雪。我们愿意在雪的怀抱里,直到融化。

　　雪落江南时,我们终于为我们的愿望能够实现而欣悦。

　　最后,我要说,我们是居住在瓦顶下的孩子。我们与瓦有关的一切有关。

回想春天的气味

◎唐敏

　　记忆会积累很多小小的宝贝,在不经意的时候打动心灵。

　　我常常喜欢看童话书,在夜深人静的时候,看着孩子们的故事,依然是让我最高兴的事情。也许是没有孩子的缘故吧,我的生命中的那个孩子就一直留在我的灵魂里没有出去,我觉得不是我喜欢看童话,是留在我灵魂里的那个孩子想看。

　　春节期间,我在家里休息,拿出《小飞人卡尔松》来看。我很喜欢背上有螺旋桨、会飞的小胖子卡尔松,还有那些描写屋顶上夜景的文字。

　　我从阳台的窗户望出去,看到冬天北京的黄昏——覆盖着白雪的城市,显得很灰色,从地面、屋顶到天空。在一片无法让人愉快的灰色里,一轮太阳黄澄澄地贴在西边的天上,很稀薄的感觉。尽管下了雪,空气还是那么干燥,这与我从小生活的潮湿的南方真是不同啊。到了深夜,再去遥望夜空,在彻骨的寒冷中,月亮光虽明亮,却毫无灵动的水汽,三两孤星也呆滞不动地嵌在空中。没有足够的水分,月光不会流淌,星星不会闪烁,美丽也就不会诞生了。

　　我想,北京这个地方,春天即使回来,也是干巴巴的。树叶也会生长,绿色也会满目,但是不会有水灵灵的活力。北京城里的杨柳树,那些绿色的枝条和细长的叶子,很像是用纸剪

住

出来的,很干很脆,不带水分。

回到屋子里读卡尔松,书中的小男主角小弟,在夜晚时分凭窗眺望——

"这是一个明亮、美丽的春季夜晚,窗子敞开着。白色的窗帘随风慢慢飘动,好像在向春季空中闪亮的小星星挥手致意。"

读到这儿,好像春风已经拂面吹过了。

"这是一个明亮、美丽的春季夜晚,窗子敞开着。"明亮的原因是月光融融,气温也暖融融的,因为"窗子敞开着",说明气温宜人。至于"美丽"么,那是小弟的感觉。

"白色的窗帘随风慢慢飘动",那是春风在吹拂。

"空中闪亮的小星星",说明了空气是多么湿润,星星才有可能闪烁起来。

这是春季多么好的画面,藏在一本给孩子看的书里。很多人使劲地赞美春天,用尽华丽的辞藻,却写不出如此真实的春天的美感。

就在那一个瞬间,我忽然回想起了小时候记住的春天的气味。那是童年时代,每到春天来了,寒冷消除,夏季还未到来时,在暖融融、湿漉漉的空气里,那种浓烈的春天的气味,让我一下子"回到从前"——南方的城市多雨,春季里总在下雨,过分的潮湿让小孩子们经常长疮,因为他们总是喜欢把脚泡在淤积着雨水的坑里。还有很多很多成长的烦恼,让孩子们忽略了春天。但是春天的气味真是太浓烈了,到黄昏与夜晚交接的时刻,那气味就灌满了大地和我们居住的房子的每个角落。

在温水般的气温中,那气味是潮湿的,带着野蛮的青草的生涩气息，带着各种树木散发的汁液的气味，带着阴暗水沟里闷闷的臭味，池塘里发出腐烂的腥味，这腥味保留在池塘的鱼虾身上，使我很不爱吃它们。还有一种咸咸的气味是从高空中往下倾倒的，当时不明白那是什么味道，成年后才知道，那是大海的气息。

当我闻到春天这种混合的气息时，觉得自己像糖块一样在融化。厨房里传来做饭的气味，食物散发香气，使得空气更加混乱。天色昏暗，看不见纸上写的字了。于是就坐在那里闻春天的气味，晕乎乎地停止了大脑的活动。

接着，感觉到心在动了。那是一阵子被彻底消融的感觉，要过一会儿才回过神来，发现自己还在。

《小飞人卡尔松》里的小弟在如此美丽的夜晚，幻想能有一条狗，觉得只有养了小狗他才会真正幸福。我在那个年纪也为很多小事烦心，当春天的气息卷过时，我觉得烦恼更加挥之不去了。我并没有理解，其实最重要的是我们感觉到了春天，这个春天与后来教科书、文学书和报纸社论里的"春天"完全不同，它是最真实的春天。我们却在为得到一小块糖果烦恼，为一块橡皮与人吵架。

但是春天还是在心灵里刻下了痕迹。

小孩子是最不容易感到心在动的，一旦感到心在动，那就是记忆在储存让我们晚年能感到温馨的回忆。当人越来越老的时候，有一天出门，忽然从迎面吹来的风里，闻到了那混合的气味，虽然是很淡的一丝一缕，心里就会发出微笑——春天来啦。

于是藏在记忆深处的、儿时的春夜又回到脑海里——

依稀可辨的是树冠的弧线，分出了天空和大地，带着红晕的黑暗里,穿过门前树木的枝叶,看到不远处亮起了一些昏黄的灯光,这些不够明亮的灯光在池塘里扭动,拉出长长的线条,微风带来炒菜的声音和孩子们的叫喊,他们在为吃饭高兴呢。

　　回忆在慢慢变形、模糊,那混合的气味也变得不太确定。恰好因为记忆的模糊,使得春天更加美丽,不可形容。

敬　　启

因为某些技术上的原因,致使本书的个别作者尚未能联络上。敬请见书后,即与责任编辑联系,以便我们及时奉上样书与薄酬,并敬请见谅。